CARMEN SCHNITZER

Feuerwerkskörper

Die Geschichte einer Borderline-Liebe

W0238195

hansanord

CARMEN SCHNITZER
Feuerwerkskörper
Roman
hansanord

Impressum

1. Auflage 2019
© 2019 by hansanord Verlag

Alle Rechte vorbehalten
Das Werk einschließlich aller seiner Teile ist urheberrechtlich geschützt. Jede Verwendung außerhalb der Grenzen des Urheberrechtsgesetzes ist ohne Zustimmung des Verlages nicht zulässig und strafbar. Das gilt vor allem für Vervielfältigung, Übersetzungen, Mikrofilmungen und die Einspeicherung und Verarbeitung in elektronischen Systemen.

ISBN Print 978-3-947145-10-2
ISBN E-Book 978-3-947145-19-5

Coverbild: Carmen Schnitzer
Autorinnenbild: Jean-Marc Turmes Photography
Umschlaggestaltung: Carsten Klein (unter der Verwendung eines Acrylbildes von Carmen Schnitzer)
Layout und Satz: Carsten Klein
Lektorat: Leonie Adam

Für Fragen und Anregungen:
info@hansanord-verlag.de
Fordern Sie unser Verlagsprogramm an:
vp@hansanord-verlag.de

hansanord Verlag
Johann-Biersack-Str. 9
D 82340 Feldafing
Tel. +49 (0) 8157 9266 280
FAX +49 (0) 8157 9266 282
info@hansanord-verlag.de
www.hansanord-verlag.de

hansanord

Ich werde dich
in Liebe loslassen.
Werde in den Himmel gucken
und mich freuen am Blau
und dem bunten Punkt in der Ferne.

Gewidmet L.,
der für dieses Buch
zum Material geworden ist.

Inhalt

Kapitel 1: BEGEGNUNG

»Du langweilst mich weder intellektuell noch sexuell. Du langweilst mich nur, weil du mich liebst. Niemand hat mich je geliebt wie du.« Drei Jahre wird es dauern, bis du das sagst. Aber da weiß ich es längst. Zuckergift. Ich schlucke. Schlucke, schlucke, schlucke. Zwischendurch kommt es mir hoch. Bis zur nächsten Dosis. Doch bei unserem ersten Treffen ahne ich nichts.

»Nie wieder einen Künstler«, schwört meine Freundin Tabea nach der Trennung von einem norwegischen Pianisten.

Endlich einen Künstler, denke ich.

Nein, im Grunde tue ich das nicht. Das schreibe ich nur jetzt, im Nachhinein, als kleinen Schnörkel unserer Geschichte. Im Moment des Kennenlernens denke ich gar nicht viel, sondern fühle. Und das nicht mit dem Kopf. Der Körper hat eine ganz eigene Poesie, und wer diese banal nennen möchte, hat alles Recht dazu und doch nur teilweise recht. Verlangen also, wenn man so will. Geilheit. Wollen, Drängen, Erkennen oder einfach nur ein kleines Flackern, das mich unruhig werden lässt.

Du bist jung, ein ganzes Stück jünger als ich.

Und nicht allein.

An deiner Seite eine rot gekleidete Tänzerin mit »Guck mich an«-Attitüde. Und ja, ihr seid ein schönes und auffälliges Paar.

Die Wände sind voll mit Fotos von ihr, Schwarz-Weiß-Bildern, auf denen sie kunstvolle Verrenkungen vollführt, manchmal nackt, meist in zerrissenen, befleckten Kleidern und frei von jeglicher Scham.

Manche schämen sich mehr von innen, denke ich, und frage mich im selben Moment, was das eigentlich heißen soll. Einer dieser poetischen Fake-Sätze, die man nur bewundern, aber nicht berühren darf, sonst fallen sie in sich zusammen. Trotzdem sprudelt es weiter: *von innen, fast unsichtbar*. Vielleicht meine ich das: Strecken dir, ohne rot zu werden, ihr ganzes körperliches Sein entgegen, sprechen laut und fest von Freiheit und Trieb, lachen und tanzen, und an den Nebenschauplätzen dieser vermeintlichen Feier des Lebens erahnst du schimärenhaft das zusammengekauerte, hilflose Kind. Die junge Frau macht mich traurig. Warum? Irgendeine Ahnung von früher. War ich einst genauso? Vielleicht.

Ich halte dich, den Begleiter des Modells, für den Fotografen, was mich auf die falsche Fährte lockt. Deine Kunst ist viel brutaler und rauer als die hier gezeigten Bilder, weniger blumig in ihrer Symbolik. Das rohe Material ist der Mittelpunkt deiner Arbeit, dein Heiligtum, du willst Instinkte ansprechen, nicht zu verkopften Analysen inspirieren. Nackt und blutig und heiß und kalt. Ein einziger Rausch, wie alles, was später folgt, nur zeitweise unterbrochen von verkaterten Stunden. Aber erst ist es nur ein Abend. Eine Vernissage zwischen Rohren und unverputzten Mauern. In der Bonbina, einer alten Zuckerwarenfabrik. Kulturzentrum nun. Theater, Musik und Bilder.

Im Grunde ist es einfach: In meiner Kunst blicke ich auf den Kiesel, du in der deinen auf den Berg. Ich auf die Träne, du auf das Meer, ich auf den Moment, du auf die Ewigkeit. Was die Märchen angeht, die Hoffnungen, die Illusionen, ist es umgekehrt. Ich glaube an eine friedliche Heilung der Welt, du an deine eigene Heilung durch Liebe. Kinder sind wir, alle beide. Verirrte, sehnsüchtige Kinder. Kein Wunder, dass wir einander wieder und wieder verpassen. Dass wir dasselbe suchen, begreifen wir erst spät: ein Leben und Lieben, das größer ist als wir selbst. Etwas Göttliches, das wir nicht Gott nennen wollen, weil das zu eng klingt, zu unfrei, zu determiniert. Wir wollen verschlungen werden und verschlingen, sehnen uns nach irrer Tabulosigkeit, wohl wissend, dass diese Sehnsucht dem Leben niemals standhalten kann. Oder rede ich mir das ein? Das Wünschen? Das Begreifen? Vielleicht ist das, was ich erstrebe, für dich nur ein Fluchtort, eine Maske, im Nachhinein sehe ich das oft so. Oder umgekehrt? »Ich bin ein Sandkorn wie alle, und in mir ist die Welt, wie überall.« Ein Satz aus meinen Geschichten, aus einer Zeit, in der wir einander noch nicht kannten. Du schriebst mal etwas Ähnliches, zumindest habe ich deine Zeilen so interpretiert, von einer eisernen, türlosen Hütte, in der innen und außen alles ist, alles, die Welt, auch hier. Als ich das lese, glaube ich zum ersten Mal, wir gehören zusammen. Dass das alles so sein soll. Aber? Aber.

Auf unserem Weg liegen Küsse und Schläge, Intensität und Leere. Das hätte zu Anfang niemand gedacht.

Ihr inszeniert euch, die Frau in Rot und du. Zuerst auf dem steinernen Boden, der zu eurer Bühne wird, bei einer kleinen Performance um Liebe und Macht. Du mimst den Strengen, bist der Strenge. Aber auch der Starke? Wer weiß. Ich mag deinen Tonfall und deine Augen. Zunächst aber vor allem deine Haltung, die etwas Größenwahnsinniges und stereotyp Sexuelles hat, geschwellte Brust, erhobenes Kinn, dazu dein Blick – kühl, bestimmend, aber … habe ich da schon eine unterbewusste Vorahnung deiner Tränen? Manchmal erkläre ich mir alles so, wohl, um mein Selbstbild als Feministin nicht zu erschüttern. Mich reizen harte Fassaden, weil ich weiß, wie selten sie auf Dauer halten, weil ich gerne die bin, die sie zum Bröckeln bringt. Ich mag diese vermeintliche Überlegenheit, die mir das gibt, und immer wieder lockt mich dieses Bild: hier der Typ, den das Leben hart gemacht hat, dort die Eine, die Einzige, *ich*, bei der er Schwäche zeigen und schließlich gesunden kann. Obwohl sie eigentlich ebenso zum Gähnen ist, diese ewige Retterinnen-Fantasie, ebenso zum Gähnen wie der Wunsch nach dem starken Mann. Feministisch ist was anderes. Doch es geht ja um uns. Also.

Auch als eure Darbietung zu Ende ist, bleibst du in dieser Haltung, stolzierst wie ein Pfau durch den Raum, ach, was schreibe ich, wie ein *Macker*, und ich schimpfe mich nicht mal, dass ich das anziehend finde. Will doch nur spielen. Will doch nur … was weiß ich. Ich trinke Wein. Zu viel, wie so oft. Egal. Spielt ihr? Deine Begleiterin fährt sich durchs Haar mit einer Mischung aus Eleganz und Künstlichkeit, die mich mal abstößt, mal anrührt, je nachdem, welchen Blickwinkel ich wähle. Als ihr kurz zusammen auf der Toilette verschwindet, ist jedem im Raum klar, worum es geht: *Guckt her, hört hin, ihr Glühwürmchen, wir sind heiß, wir sind stark, wir lodern, verbrennt euch nicht!* Es funktioniert. Ihr funktioniert. Man nimmt euch wahr. Lästert. Lacht. Amüsiert sich. Oder? Wer sehnt sich danach, wie ihr zu sein? Mehr Menschen, als man denkt, vermute ich. Zumindest für Momente.

Es ist nur ein Abend. Könnte es bleiben. Doch die Bonbina ist mein Zuhause und wird auch deines. Und so vermischen sich unser beider Wege, kreuzen sich wieder und wieder, bis wir einen Teil der Strecke zusammen gehen. Gehen und klettern und fallen. All diese Felsen. All diese Felsen, an denen wir uns blutig schrammen, all der Schweiß, der uns in die Augen tropft und die Qualen des Entzugs auf den Lichtungen, die unserer Erholung dienen sollten. Dem Ohne-den-anderen-Sein. Was bedeutet: atmen zu können. Und keine Luft zu bekommen. Immer beides.

Immer.

Immer.

Aber zurück. Sprechen wir an diesem ersten Abend miteinander? Ich kann mich nicht erinnern. Ein paar Worte vermutlich, denn nach der Vernissage gehören wir zu einem kleinen Grüppchen Übriggebliebener, das sich im dunklen Hinterzimmer der Kneipe nebenan mit Gin Tonics und Gras berauscht.

Was könnten wir einander sagen? Vielleicht mache ich dir ein Kompliment. Oder euch. Ja, so wird es sein. Womöglich liegt sogar etwas Anzügliches darin, ich bin so frei in jenen Tagen, so unbekümmert, ohne Angst. Oder? Ich glaube, du lächelst. Und freust dich ein bisschen auf mich. Hebst mich auf, als kleinen Snack zwischendurch, wenn wieder der Hunger kommt. Auch du bist dir sicher: keine Gefahr. Eine von vielen. Irgendwann stolpern wir alle in den anbrechenden Morgen, um in verschiedene Richtungen zu entschwinden.

Und dann? Vergesse ich dich zunächst.

Doch bald begegnen wir einander häufiger, wenn auch immer umgeben von anderen und ohne, dass sich der Kontakt intensiviert. Trotzdem wird mir mit der Zeit immer klarer, dass ich mir eines Tages mit dir das Laken teilen werde, einmal, mehrmals, wer weiß. Mit dir, diesem noch so jungen Mann. Ein Experiment? Nicht doch. Ein Spiel, das nicht zur Eile mahnt, irgendwann wird es eben passieren. Ich fühle mich angenehm sicher bei dem Gedanken, lediglich ein wenig Vorfreude mischt sich in mein Blut, das zu dieser Zeit noch voller Ruhe durch meine Adern rauscht. Ach Sehnsucht, ach Liebe, ach Welt …

Keine Hast. Stilles, geduldiges Sehnen, wenn auch nur in den Momenten, in denen ich dich sehe. Dazwischen lebe ich weiter mein Leben, ohne dich zu vermissen, schreibe Artikel und Geschichten, male Acrylbilder, diskutiere mit Bekannten und Fremden in Kunstbars die Nächte durch, faulenze auf dem Sofa, gehe ins Kino oder Theater, auf Partys oder Reisen und treffe in unregelmäßigen Abständen meine drei Liebhaber, Werner, Giovanni, genannt Gio, und Marcel, die so verschieden sind wie ihre Namen: ein drahtiger, gut ein Jahrzehnt älterer Triathlet mit blauen Augen und klugen Gedanken, der exzellent küssen kann; dann ein schwarzlockiger, etwas jüngerer Mann, leicht nerdig, mit malerisch geschwungenem Mund, Tiefgang und ordentlich Kilos auf den Rippen, bei dem ich zur Ruhe komme; und schließlich der dritte, der eigentlich der erste in jener Reihe wäre, hätte ich chronologisch sortiert. Als einziger der drei ist er ein im konventionellen Sinne attraktiver Mann, gleichzeitig der schwierigste, es gab Zeiten, da konnten wir nur streiten oder vögeln, sonst nichts. Mittlerweile sind wir milder und einander ein Stückchen Heimat geworden.

Das ist mein Leben und Liebesleben vor dir.
Ich hatte eins!
Hörst du?

Ich hatte eins, das muss ich mir später immer wieder sagen, als alles zu spät scheint, alles kaputt, alles so sinnlos. Trotzig: *Ich war schon ein Mensch, bevor du kamst!* Arrogant: *Ich war sogar schon einer, als es dich noch nicht einmal gab! Zehn Jahre lang. Und als ich meinen ersten Sex hatte, konntest du noch nicht mal lesen. Du, der große Philosoph! Du, der, der … verdammt.*

Mein Verdienst? Natürlich nicht. Ich bin kindisch.

Ein Vierteljahrhundert existierst du, als du in mein Leben trittst. Und da bist du nun und wirst für immer ein Teil davon bleiben.

Kapitel 2: IN FREIHEIT

Einige Wochen nach unserer ersten Begegnung, als ich dich also schon kenne, aber noch nicht geküsst habe, fahre ich für ein Wochenende nach Berlin zur Hochzeit einer Freundin. Berlin, wo auch Werner zu Hause ist, den ich natürlich sehen möchte. Wie es der Zufall will, ist auch Gio gerade in der Stadt, der eigentlich in Frankfurt wohnt, und weil es nur einen freien Abend gibt, beschließe ich, sie beide an eben diesem zu treffen. Nacheinander.

»Ist das okay für dich?« Zweimal dieselbe Frage.

»Klar. Ich wäre nur gerne der Erste«, sagt Werner.

Gio ist das recht. Vielleicht gefällt ihm der verruchte Touch dieses Arrangements, vielleicht freut er sich, dass er den »Open end«-Part bekommt, vielleicht ist es ihm schlichtweg egal.

Die beiden kennen einander nicht, scheinen aber kein Problem mit der Existenz des jeweils anderen zu haben. Akzeptieren einfach den Stand der Dinge. Oder verdrängen? Ich weiß es nicht.

»Ich freu' mich«, schreibt mir Werner, schreibt mir Gio, schreibe ich beiden.

Und so ist es.

Im Zug nach Berlin schießt mir das Blut in den Schoß, ich freue mich auf die Begegnungen, auf Werners Drahtigkeit und Gios Masse, auf den Sex und die Gespräche, ich mag meine Rolle in dieser Geschichte, fühle mich unabhängig und frei. Vielleicht geht es darum? Wer bin ich, wenn ich mit diesem oder jenem Menschen zusammen bin? Wo stehe ich im Verhältnis zu ihm, wofür werde ich bewundert, wofür gemocht, wofür verurteilt, wofür verlacht? Liebe ist hier nicht das Thema, aber doch: Vielleicht gilt das auch da. Oder gerade.

Ich lache mit Werner, wir sprechen über Fußball, gemeinsame Bekannte und ein Buch, das uns beide interessiert. Schlafen miteinander in meinem Hotelbett, eineinhalb Mal. Es ist schön, es ist gut, danach trinken wir Bier aus der Minibar.

Er lächelt mich an. »Prost!«

»Prost!« Ich kuschle mich an ihn.

Irgendwann zieht er sich wieder an, um zu verschwinden. Eine Stunde noch, dann wird statt seiner Gio neben mir liegen.

Und ich? Bin überfordert. Meine Seele hält nicht Schritt mit meinem Körper, aber jetzt muss sie da durch. Weil ich es so will. Kleine Raupe Nimmersatt. Hippieträume. Gegenwind. *Na, komm schon.* Ich dusche, ziehe frische Unterwäsche an und ein anderes Kleid. Korrigiere mein verwischtes Make-up, putze mir die Zähne. Fertig. Atmen. Bereit.

Schon ist er da.

»Hi.« Gio küsst mich auf den Mund, lächelt. Guckt mich an. »Ist was?«

»Puh, seltsam, das«, gebe ich zu.

»Hey, wir müssen nicht …«

»Danke. Aber doch. Nur nicht gleich vielleicht.« Ich lache, ein wenig hilflos. »Okay, wenn ich den Wein hier aufmache?«

Er selbst trinkt nur selten, grinst, nickt. »Na klar.«

»Ich hab hier noch Wasser und Cola. Na ja, und die Minibar.«

»Gib mir ruhig auch einen Schluck Wein. Ausnahmsweise.«

Cabernet Sauvignon aus Hotel-Zahnputzbechern. Schluckweise entspanne ich mich, irgendwann küsse ich ihn und lasse eins zum anderen kommen. Vögeln, lachen, reden. Ich mag ihn. Ich mag beide. Und Marcel. Mein Leben. Meine Lust.

Oh Gott, ja, das war ich!

Kapitel 3: SEHNSUCHT

Einige Zeit später: unser erstes Gespräch zu zweit. Zufällig hat es uns auf dieselbe Bierbank verschlagen, bei einem Straßenfest im Viertel, in dem die Bonbina liegt. Deine Freundin Lilian, die Frau in Rot, verbringt gerade einige Wochen im Ausland.

»Weißt du, was schrecklich ist?«, fragst du mich und wirkst ehrlich ein wenig verzweifelt.

»Na sag.« Ich mache eine aufmunternde Kopfbewegung.

»Ich vermisse sie.«

»Bald hast du sie ja wieder.«

»Das meine ich nicht. Ich meine – ich wollte das nie: jemanden vermissen. Du weißt, dass wir eine offene Beziehung führen, oder? Wir lassen uns alle Freiheit. Ich will das nicht: abhängig sein.«

»Auch in offenen Beziehungen kann einem der oder die andere doch fehlen, oder nicht?«

»Ja, schon. Aber wir, wir wollten das immer *anders*. *Ich* wollte das anders. Sie kriegt das hin, ich nicht. Ich will so nicht sein.«

»Du willst die Kontrolle behalten? Über deine Gefühle?«

Irritiert starrst du mich an. »Ja. Irgendwie schon.«

»Hm.«

»Findest du das schlimm?«

Ich zucke mit den Schultern. »Liebe ist Risiko. Kontrollverlust.«

»Aber ist das nicht furchtbar?«, fragst du und siehst dabei aus, als meintest du das Gegenteil.

Vermutlich schwafle ich daraufhin etwas von der Schönheit der Melancholie und dem Zauber der Vergänglichkeit.

Du seufzt.

Dann holen wir uns frisches Bier, und du lädst mich zu deinem Geburtstag ein. 26 wirst du nächste Woche. Puh.

Ich schenke dir Pitigrillis *Kokain*, den schrill-romantisch-zynischen Exzessroman über einen italienischen Journalisten im Paris der 1920er Jahre, den ich von der ersten Seite an geliebt habe und von dem ich hoffe, dass er auch dir gefallen wird. Und tatsächlich: Kurze Zeit später meinst du zu mir, es sei schon lange nicht mehr passiert, dass dir jemand ein Buch schenkt, welches du wirklich zu schätzen weißt. Aber doch – dieses hier mochtest du sehr. In deinem Blick liegt überraschte Anerkennung, als habest du mir diesen Büchergeschmack nicht zugetraut. Zu meinem Unwillen spüre ich, dass ich vor Freude rot werde.

Du hast so etwas an dir, dass man sich danach verzehrt, in deiner Gunst zu stehen. Das geht nicht nur mir so, habe ich mittlerweile bemerkt, aber dass es *auch* mir so geht, ärgert mich. Wie war das? »Ich will das nicht: abhängig sein.« Wir sind uns ähnlicher als gedacht. Ich will das auch nicht. Schon gar nicht vom Wohlwollen eines Jungen, der zwar nicht mein Sohn sein könnte, aber doch mein sehr viel jüngerer Bruder. Wo kämen wir da hin? Wo *kommen* wir da hin? Tja. Um irgendetwas aufzuhalten ist es zu spät.

Insgesamt vergeht fast ein Jahr zwischen unserem Kennenlernen und unserem ersten Kuss, der entsteht, als wir nach einem Theaterstück in der Bonbina und einigen Drinks danach gemeinsam die letzte U-Bahn nehmen, dort im Stehen über Belanglosigkeiten reden, ein wenig herumfrotzeln, wohl wissend, worauf das jetzt hinauslaufen wird. Ein Signal gibt das andere: Du hältst dich auf eine Weise an der Greifstange fest, dass du deinen Arm nur leicht sinken lassen müsstest, um ihn um mich zu legen. So was eben. Irgendwann landen unsere Münder aufeinander, dann müsste ich aussteigen, aber du sagst »Komm doch noch mit«, und ich folge dir, warum auch nicht. Ich will dich. Wir fahren also noch ein paar Haltestellen weiter, dann laufen wir durch die Sommernacht, du schiebst mir in einem Hauseingang die Hand unters Kleid, alles ist leicht, alles ist warm, alles ist gut. In einer Kneipe kaufen wir eine Flasche Sekt für den Weg, verschütten beim Öffnen die Hälfte, mein Kleid ist nass und klebt, wir lachen und küssen einander erneut.

»Gleich wären wir bei mir, also, wenn du magst …«

Ich mag.

Deine Wohnung ist klein und unordentlich, viele Bücher, ein großes, nicht gemachtes Bett, ein Schreibtisch voller Papier.

»Entschuldige, hab' nicht aufgeräumt, ich wusste ja nicht …«, murmelst du und fällst für einen Augenblick aus der Rolle des selbstbewussten Verführers.

»Ach, du warst noch nie bei mir, da sieht's schlimmer aus.« Was der Wahrheit entspricht. Ich lächle.

Du ziehst mich an dich, entkleidest mich mit wenigen Handgriffen und dirigierst mich zur Fensterbank. »Dreh dich um.« Dann fesselst du meine Hände und verbindest mir die Augen.

Okay, denke ich, *ganz schön schnell.* Und dann: *Was tue ich hier eigentlich? So nah sind wir uns noch nicht. Kann ich dir vertrau-*

en? Bist du ein Irrer? Im Grunde weiß ich fast gar nichts über dich. Aber ich bin neugierig. Ganz schön naiv. Oder? Was hast du vor …?

Der erste Schlag.

Okay, denke ich wieder. *Okay, was wird das hier, will ich das? Und wenn nein, würdest du das respektieren?*

Noch einer.

Und ein dritter.

Womit schlägst du zu? Ich weiß es nicht, ist das eine Peitsche? Ich wollte eigentlich nur mit dir ficken, und jetzt … jetzt spüre ich diesen brennenden Schmerz auf meinem Hintern und Rücken, diesen Schmerz, der mich eher fasziniert als erregt, den ich wie von außen betrachte, als passierte das alles nicht mir.

Nummer vier.

Was halte ich aus?

Abwarten, beschließe ich.

Der fünfte Schlag ist fester.

Trotzdem: gar nicht so schlimm. Das ganze Geheimnis besteht darin, sich nicht gegen den Schmerz zu sperren, sondern in ihn hineinzugehen wie durch eine Tür. *Hallo, da bin ich*. Ich lächle. Es ist so … interessant. Stöhne ich? Lache ich? Oder weine? Ich schwebe. Eine leichte Trance befällt mich. Wegen des Sekts und der Drinks davor? Wegen der Schläge? Weil ich bei dir bin? Der Schmerz wird abstrakt. Ein Kunstwerk. Mein Kunstwerk. Unseres. Ich schließe die Augen. Da ist plötzlich so eine Ruhe. So ein Frieden.

Einige Wochen später wirst du darüber sinnieren, wie spannend es sei, dass Frauen Schmerz in Lust umwandeln könnten, und als ich einwerfe, dass es auch Männer gibt, bei denen das so ist, gibst du zu, dass du es in dieser Variante »nicht normal« findest, ein wenig entschuldigend sagst du das, weil du zu diesem Zeitpunkt schon weißt, dass du mir mit solchen Schubladen gar nicht erst zu kommen brauchst. Überhaupt weiß ich nicht, ob Lust in meinem Fall das richtige Wort ist, aber diese Diskussion erspare ich uns fürs Erste.

Ruhe.
Frieden.
Stille.

Als du mich von meinen Fesseln befreist, habe ich jedes Zeitgefühl verloren. Du setzt dich auf deinen Schreibtischstuhl, lächelst unsicher. »Geht es dir gut?«

Ich fühle mich stark, trete zwischen deine geöffneten Beine, bleibe kurz dort stehen und blicke auf dich herab. Habe Lust, dich zappeln zu lassen. Fühlst du dich schuldig? Machst du das mit jeder so? Kommst du immer damit durch? Du bist noch vollständig bekleidet, stelle ich fest. Nur deinen Gürtel trägst du nicht mehr. Der war das also. Ich muss kurz lachen.

»Doch, schon«, sage ich. »Und dir?«

Deine Augen leuchten. Du strahlst mich an, siehst glücklich aus, ein bisschen berauscht, fast entrückt.

»Ja,« antwortest du, »sehr.«

Ich ziehe mich an und gebe dir einen flüchtigen Kuss auf den Mund, lächle. »Mach's gut.«

»Bis bald.«

Draußen halte ich ein Taxi an. Zu Hause angekommen lasse ich mich aufs Sofa fallen und schlafe ein.

Kapitel 4: STICHE

Drei Monate später. Irgendwie haben wir uns seit jenem Abend ständig verpasst. Nun steht das Bonbina-Festival vor der Tür, ein Wochenende voller Kunst, Performance, Theater und Musik.

Auch von mir werden einige Bilder in der Ausstellung hängen. Ich bin noch ein wenig durch den Wind, als ich sie morgens an den Wänden befestige, da ich erst vor wenigen Stunden aus Toronto zurückgekommen bin, wo meine Freundin Maja wohnt. Bunte Leinwände, offene Menschen, Kunst und Wein, das Leben ist schön. Noch dazu wird mein Ex-Freund Tarek mich besuchen, die größte Liebe meines bisherigen Lebens, und endlich meine Bonbina kennenlernen, mein Zuhause, meine Liebsten, unsere Welt. Ich freue mich so!

Nachmittags kommen die ersten Besucher, am frühen Abend spielt ein kasachischer Künstler Lieder auf einem gitarrenähnlichen Zupfinstrument, dessen Namen ich vergessen habe, dann erscheint Tarek, wir umarmen einander, lachen und stoßen an: »Schön, dass du da bist!« Kurz darauf lese ich eine meiner Liebesgeschichten vor und genieße die Stille im Raum. Wie schön, ein solches Publikum! Wenn es bei Lesungen allzu sehr raschelt oder ich leises Flüstern höre, werde ich stets nervös, glaube, die Leute aufzuhalten und anzustrengen, spreche dann schneller und undeutlicher, bis auch der aufmerksame Teil der Zuhörerschaft mir nicht mehr recht folgen kann. Aber heute … Tarek sieht, dass ich gemocht und geschätzt werde, als Mensch und Künstlerin, es ist mir wichtig, dass er das mitbekommt. Warum? Immer wieder das Ego. Ein Ego, das sich nicht aus sich selbst heraus speist, weiß der Teufel, warum ich diese Bestätigung von außen brauche, warum ich längst nicht so selbstsicher bin, wie ich vermutlich meist wirke. *Guck, ich verdiene Liebe.* Noch lächelt er. Ich bin erleichtert. Die letzte Anspannung fällt von mir ab.

Ein aus Basel angereister Tätowierer bietet Live-Tattoos an, ich lasse mir eines stechen, darüber habe ich seit Jahren nachgedacht. Stilisierte Schmetterlinge am Knöchel, weil in diesem Jahr mein erster Roman erschienen ist, in dem ihr buntes Flattern eine wichtige Rolle spielt, und weil der Knöchel so schnell keine Falten werfen wird. Oder? Ach, und wenn schon. Es ist mein erstes Tattoo, ich trage es mit Stolz.

Dann schwebt eine Tänzerin durch den Raum, in ein riesiges, goldgelbes Tuch geschlungen, das sich aufwickelt, in das sie sich fallen lässt, das den Raum einnimmt und mit ihr tanzt. Aus dem Augenwinkel heraus bemerke ich, wie sich in Tareks Gesicht etwas ändert. Ich werde unruhig, das hier ist nicht seins, ich weiß schon, hoffentlich erträgt er es, hoffentlich bleibt er, hoffentlich zieht er sie später nicht ins Lächerliche, meine Bonbina … *Feiere die Nacht mit uns durch! Bitte!* Doch im Grunde weiß ich bereits, dass ich verloren habe.

»Ich bin müde, sorry«, flüstert Tarek mir ins Ohr, steht auf und geht in Richtung Ausgang. *Mist, Mist, Mist.* Meine gute Laune ist dahin. Warum habe ich ihm auch nur schon meinen Schlüssel gegeben? Andererseits – was hätte es genutzt, wenn nicht? Soll ich ihm folgen? Ach was. Stolz bleiben! Würdevoll! Außerdem will ich einfach nicht. Ich liebe es hier. Wollte nur … Er sollte sehen, wie großartig alle sind. Das war mir so wichtig.

Mir. So. Wichtig.

Alte Wunden.

Natürlich muss ich später noch weinen deshalb, ich bin, wie man so sagt, nah am Wasser gebaut, außerdem trinke ich gern und viel, der Wein tut ein Übriges, betrunkene Dramen, dazu kommt die Nacht … Ich schwemme über, mein Freundeskreis kennt das schon, ist geduldig, und so finde ich Schultern, werde umarmt und getröstet, bis mein Gesicht wieder trocken ist.

Und dann?

Dann kommst du, es ist bereits elf. Das Programm des heutigen Tages ist vorüber, der harte Kern sitzt noch zusammen mit ein paar Flaschen Wein. Du machst es dir auf dem Boden bequem, neben dem Stuhl, auf dem ich sitze, legst deinen Arm locker auf meinen Oberschenkel, ganz selbstverständlich, als gehörte das so, immer schon. Was soll ich sagen, es tut mir gut. Ich mag es, von dir berührt zu werden, ich mag deine Nähe, die Sicherheit in deinen Gesten und deine schönen Augen, von denen alle glauben, du umrandetest sie mit Kajal. Was dich nervt, denn es stimmt nicht, das merke ich aber erst mit der Zeit. Irgendwann kenne ich dein Gesicht auswendig und weiß, dass eine erstaunliche doppelte Wimpernreihe deiner baggerseegrünen Iris diesen dramatischen Rahmen gibt, der mich verrückt macht und viele andere auch.

Als ich mich ein wenig zu dir hinunterbeuge, um dir vom Tag zu erzählen, greifst du nach meinem Hals, ziehst meinen Kopf zu dir und küsst mich auf den Mund. Ich küsse zurück, deine Lippen sind voll und fest, ging es mir vorhin tatsächlich schlecht? Ich habe alles vergessen, du gefällst mir, ich fühle mich stark, was für ein Wochenende, was für eine Nacht, treiben lassen, worum geht es denn sonst, noch einen Schluck Wein, einen Kuss, einen Moment, alles fließt …

»Warum hast du mich nicht angerufen nach damals?«, fragst du mich.

»Und du? Weiß nicht, ergab sich nicht.« Tatsächlich hatte ich nicht darüber nachgedacht. Es hätte eine einmalige Angelegenheit bleiben können, *danke schön, war nett,* aber nun gleiten wir bereits wieder hinein in diesen spielerischen Rausch, Lachen, Küsse, ein paar Worte, später gehe ich auf die Toilette, und als ich von dort komme, wartest du im Gang auf mich, drückst mich gegen die Wand, ich werde ganz weich unter deinem Gewicht, ganz biegsam fühle ich mich, du bist da, und alles fügt sich.

Zurück bei den anderen werde ich in ein Gespräch verwickelt und bekomme nicht mit, wie neben mir ein Streit entsteht, in dessen Verlauf dich eine so große Wut erfasst, dass du ein Tischchen umwirfst, ein gläserner Aschenbecher zerspringt auf dem Boden, jemand holt Schaufel und Besen.

Unsere Blicke treffen sich. Deine Augen flackern. »Lass uns gehen«, bedeutest du mir, und als ich nicht gleich aufspringe, sagst du es laut.

»Wir sollten noch mithelfen beim Aufräumen, es geht ja morgen schon weiter hier.« Ich zögere.

Aber Scharsad, die Leiterin der Bonbina, meint, es sei schon okay. In ihrem Gesicht lese ich, wie froh sie ist, dass du gehen willst. Dass ich auf dich aufpasse. Dass die Situation nicht weiter eskaliert.

Mir soll es recht sein.

Draußen umarmst du mich lange. »Schön mit dir«, sagst du und lächelst, als hättest du tatsächlich soeben einen Schatz geborgen. Keine Spur mehr von deiner Wut. Ich fühle mich so … auserwählt? Oder stark, weil *ich* es bin, die dich erdet in diesem Moment. Zumindest bilde ich mir das ein. Wir wanken durch die Nacht, bis wir ein Taxi finden und schließlich in deinem Bett landen für einen wild-betrunkenen Fick, bei dem wir erstaunlich gut harmonieren, besonders wenn man unsere Alkoholpegel bedenkt und die Tatsache, dass sich unsere Körper noch nicht allzu gut kennen. Nun aber finden sie sich mit einer Selbstverständlichkeit, die keiner Routine entspringt, sondern intuitivem Verstehen und der tiefen Überzeugung, dass alles so und nicht anders kommen soll. Dein Herzschlag, meine Haut, dein Atem, mein Verlangen. Später schlafe ich sogar neben dir ein, obwohl ich dafür normalerweise mehr Vertrautheit brauche und zusehe, dass ich nach solchen Geschichten nach Hause verschwinde, bevor mich die Müdigkeit übermannt. Aber – ich fühle mich so wohl neben dir.

So mache ich mich erst einige Stunden später auf den Weg und finde Tarek am Frühstückstisch vor. Er grinst mich an: »Woher kommst du?«

»Von Luis«, antworte ich, »dem Typen, von dem ich dir mal erzählt habe.«

Er grinst noch breiter. »So, so.« Und dann: »Mist, der kam noch? Dann hätte ich ihn mir mal angucken können.«

»Tja, hättest du.« Das kam spitz.

»Bist du sauer? Sorry, dieser Tanz – ich packe so was nicht.«

»Hättest ja nicht gleich komplett abhauen müssen. Der ging nur 'ne halbe Stunde.«

»Schon. Aber … ich bin dann in die Kneipe nebenan. Und später noch in eine andere …«

Ich schlucke. *Wenn du wenigstens wirklich müde gewesen und heimgegangen wärst*, denke ich. *Aber so.*

»Sei mir nicht böse.«

»Schon gut«, murmle ich, aber wir beide wissen, dass es das nicht ist.

»Hey, aber die Bonbina ist cool«, versucht er, die Stimmung zu retten.

Klar. Ich verziehe einen Mundwinkel. *Darum bist du ja auch weg.* »Da muss ich jetzt auch gleich wieder hin«, sage ich. »Fuck, ich bin so fertig. Ich gehe kurz duschen. Wann musst du los, kommst du noch mit?« Fast hätte ich mich nicht getraut zu fragen.

Er nickt. »Klar.« Immerhin.

Alle sind müde, allen ist ein wenig übel. Wir lachen einander an mit diesen typischen glücklich-verkaterten »Wir sind so blöd«-Gesichtern nach einer ausschweifenden Nacht. Ich verteile Zuckerstückchen mit Kreislauftropfen, danach geht es uns etwas besser. Noch ist wenig los, aber das soll sich bald ändern. Erstaunlich viele Menschen treibt es an diesem trüben Oktobersonntag auf die Straße, in die Bonbina oder davor.

Eine bunt gekleidete, rundliche Frau um die 50 erklärt anhand einer auf den Boden geworfenen Wollschnur den Sinn des

Lebens, den ich sogleich wieder vergesse, obwohl er mir in diesem Moment beinahe logisch vorkommt.

Einer der ausstellenden Künstler rasiert sich das Kinn, schlüpft in Strumpfhose und Cocktailkleid und lässt sich von mir schminken.

Ein Mann im Anzug kauft ein kleines Bild von mir.

Als ein Programmpunkt kurzfristig ausfällt, improvisieren zwei junge Frauen eine kleine Stand-up-Comedy-Nummer.

Und Tarek? Ist in ein Gespräch mit Scharsad verwickelt, raucht und bleibt schließlich länger als gedacht bis zum Abend.

Schönes Wochenende.

Ich bin versöhnt.

Kapitel 5: SPIELEREI

In den folgenden Wochen intensiviert sich unser Kontakt. Zunächst vor allem sexuell.

»Heute dürftest du keinen Napoleon-Komplex haben«, schreibe ich dir eines Abends. Wir hatten besagte Macke kurz zuvor diskutiert, weil du nicht allzu groß gewachsen bist. »Ich stöckle hier auf 10-Zentimeter-Absätzen auf einer Promi-Party herum.« Ein Pressetermin, ich bin Journalistin.

»Mit den Absätzen hätte ich kein Problem – solange sie in der Luft sind«, kommt deine Antwort prompt.

»Hättest du ein Stündchen Zeit?« Ich.

»Klar.«

Und so verlasse ich den Event und komme bei dir vorbei, wir vögeln, tun es noch einmal, grinsen einander an, dann verabschiede ich mich. »Muss morgen früh raus, war schön.«

Geplänkel. Spaß. Leichte Tage. Eben diese Ebene, die es zu verlassen gilt, bevor man verwundbar wird.

Nur tun wir das nicht.

Stattdessen beginnen wir irgendwann, auch zwischen den Akten mehr Zeit miteinander zu verbringen, besuchen Ausstellungen und Theaterstücke, immer häufiger bleibe ich über Nacht bei dir, wir liegen in deinem Bett, diskutieren, schreiben gemeinsam Texte. *Deine* Texte, wenn ich ehrlich bin, unsere sind es nur scheinbar und meine nie. Was kein Vorwurf ist, denn ich bin beim Erstellen der meinen lieber allein. Ich entwickle mich zu deiner … ja, was? Sekretärin? Nein, zu hart. Zwar bin ich es, die an der Tastatur sitzt, weil ich berufsbedingt schneller und korrekter tippe, aber dennoch – das trifft es nicht, dazu werfe ich zu viel ein, diskutiere deine Sätze, schreibe hin und wieder ein paar eigene dazu. Was also? Muse? Altmodisch, aber schön. Vielleicht passt das. Wir werden ein gutes Team. Schreiben für dein Studium und deine Kunst. Belohnen Gelungenes mit einer Flasche Wein, bei der es selten bleibt. Ach, lass mich ehrlich sein: bei der es nie bleibt.

»Woran glaubst du?«, fragst du mich.

Ich überlege nur kurz. »An das Chaos.«

Das gefällt dir.

»Wir verbringen so viel Zeit damit, die Welt ordnen zu wollen«, sinniere ich weiter, »anstatt zu akzeptieren, dass das nicht möglich ist. Weil alles zu komplex miteinander verwoben ist und unser Verstand zu begrenzt. Darum stecken wir alles und jeden in Schubladen, suchen Halt in Religionen, Naturwissenschaften, Numerologie – jeder irgendwo, wo er oder sie ihn eben zu finden glaubt, den Halt, wo vermeintlich oder tatsächlich schlüssige Antworten warten. Muss bis zu einem gewissen Grad vielleicht sein, weil wir das Leben anders nicht ertragen. Oder uns nie begegnen könnten, weil jeder mit seiner eigenen Welt genug zu kämpfen hätte, jede ihre eigene Sprache sprechen würde, jeder …« Ich steigere mich hinein in das Thema, es gehört zu meinen Lieblingen. »Wenn wir die Schubladen wenigstens offen lassen würden«, schließe ich meinen Monolog. Das Prinzip der offenen Schubladen, mein wiederkehrender Vorschlag zur Rettung der Welt. Applaus, Applaus, herzlichen Glückwunsch auch. Und prost!

Vielleicht holst du an diesem Abend zum ersten Mal »Die Falte« von Gilles Deleuze aus dem Regal und zitierst daraus. Früher oder später drehen sich unsere Diskussionen fast immer um ihn, obwohl ich kein einziges Buch dieses Philosophen gelesen habe. Und selbst wenn – vielleicht hätte es gar nichts genützt. Ich lese viel, doch den Inhalt von Büchern vergesse ich schnell, darf ich mich also belesen nennen? Doch wohl eher nicht. Weil ich selbst schreibe, denke ich manchmal, dass die von mir konsumierten Wörter und Ideen vielleicht einfach in meinem Kopf landen wie in einem Suppentopf – am Ende ist nicht mehr wichtig, woher ich die Petersilie habe, sondern nur noch, ob sie schmeckt.

Jedenfalls – ich habe kein einziges Buch von Deleuze gelesen und trotzdem scheinst du mich ernst zu nehmen bei unseren Gesprächen über ihn. Das kommt so: Um mich zu beeindrucken oder deine Überlegenheit zu demonstrieren (ja, vielleicht auch, um deine Unsicherheit zu überspielen), liest du mir eines Tages – vielleicht, wie gesagt, an jenem besagten Abend – daraus vor, nach meiner Verwirrung heischend, die sich nicht einstellt.

»Das ist ziemlich kompliziert«, warnst du mich vor.

»Schon okay, versuchen wir es.«

»(...) Etymologisch wird ein Labyrinth vielfältig genannt, weil es viele Falten hat. Das Vielfältige ist nicht nur dasjenige, was viele Teile hat, sondern was auf viele Weisen gefaltet ist. (...)«

Und so weiter. Nach der ersten Seite guckst du mich an.

»Okay. Noch kann ich folgen«, sage ich.

Diese Verblüffung in deinen Augen! Was hast du denn gedacht? Später überlege ich: In diesem Moment hast du aufgehört, in mir ein Spielzeug zu sehen, einen Zeitvertreib, amüsant, sinnlich, was weiß ich. Du nimmst mich plötzlich als intelligentes Wesen wahr. Als denkende Frau.

Zu jener Zeit ist es mir nur sehr vage bewusst, wenn überhaupt: Du hast dir eine seltsame Misogynie antrainiert, die du bisweilen philosophisch zu untermauern versuchst und die auf einer Mischung aus Sehnsucht, Faszination, Angst und Ekel beruht. Frauen sind für dich Sadistinnen. Oder Opfer. Nichts dazwischen. Und vor allem: Körper.

Körper, Körper, immer wieder. Die du dir mit Charme und Chuzpe zu eigen machst. Und manchmal eben mit Deleuze. (Oder Derrida. Oder Foucault. Oder Nietzsche. Oder … lassen wir das. Du weißt schon.) Du sehnst dich nach großäugigen, bewundernden Mädchen und gleichzeitig nach einer, die sagt: »Jetzt mach mal halblang.«

Wo stehe da ich?

Tja.

Noch lächle ich. Mir passiert nichts. Mir doch nicht! Niemals! Mir gehört doch die Welt. Noch bist auch du für mich nur … ja, was? Körper, Spielzeug, Zeitvertreib? Ein junger Mann. So jung! Ein Junge?

Ein Expander. Lass mal sehen, wer stärker ist. Beide zum Bersten siegessicher. Die leichte Unerträglichkeit des … Nun ja, Wortspiel-Firlefanz. *Gib mir mal den Wein.* Wir grinsen einander an. Auf in den Kampf! Auf in den Rausch! Auf ins Labyrinth! Sommerabend (egal, dass Dezember ist). Süße. Feuer. Abgemacht.

Kapitel 6: ANGST

»Wenn ich mich in dich verlieben sollte, würde ich das Ganze hier beenden«, nehme ich den Mund ziemlich voll.

»Dazu wärst du fähig?« Ich kann den Unterton in deiner überraschten Frage nicht einordnen.

»Oh ja, wäre ich.«

Pah.

Als hätten wir unsere Leben in der Hand. Oder die Liebe.

Na ja, im Grunde hätte ich das vielleicht, zumindest ein bisschen. Es ist ja keine höhere Macht, die mich zu dir zieht, auch wenn ich mir das später manchmal so erkläre oder auch wenn wir Menschen ohnehin dazu neigen, die Liebe zum Schicksal zu stilisieren. Nur, weil wir sie so oft nicht begreifen. Aber das bin ich ja selbst, die da immer wieder hinläuft zu dir. Ich ganz allein. Womöglich ist das aber auch das Gleiche oder es kommt nicht darauf an.

Immer häufiger höre ich kitschige Lieder, wenn ich auf dem Weg zu dir bin, und rede mir ein, das habe nichts mit dir zu tun. Nur so ein bisschen in Melancholie suhlen, warum nicht, darf doch auch mal sein. Nachdem das mit Tarek überraschend zerbrochen ist und sich in den Jahren darauf kein vergleichbares Herzklopfen mehr einstellen wollte, habe ich der Liebe zwar nicht abgeschworen, aber nicht mehr wirklich mit ihr gerechnet. Menschen, mit denen ich mich austauschen kann, hatte ich stets genug, und solange ich darüber hinaus meinen Körper von anständigen Kerlen versorgt wusste, war alles gut. Und überhaupt: Tut viel weniger weh so, was will ich mehr.

Ich habe vier Liebhaber. *Das ist ein ganz schöner Luxus*, sage ich mir und merke kaum, wie daraus nach und nach nur noch ein einziger wird, weil mein Bedürfnis, mit Werner, Gio oder Marcel zu schlafen, immer mehr schwindet, so gern ich sie mag. Wie mir meine hübsch zurechtgelegte Mondänität entgleitet. *Adieu, Mademoiselle Cleopatra, war schön mit dir.*

Für kurze Momente erkenne ich, worauf ich zuschlittere, dann versuche ich, mich selbst auf den Boden zurückzuholen, indem ich mich ein wenig auf den Arm nehme: Ich laufe von der U-Bahn zu dir und höre *Mad About The Boy* von Dinah Washington. Tatsache! So lache ich mich aus.

Ich lache auch meine Freundin Feli aus, die mir eines Abends bei einer größeren Party erzählt, du würdest mich suchen, es ginge das Gerücht rum, ich sitze irgendwo in einer Ecke und weine (was ausnahmsweise nicht stimmt).

»Der ist doch in dich verknallt«, meint sie. »So aufgescheucht, wie der hier herumgelaufen ist deswegen.«

»Ach, du … Blödsinn«, wiegle ich ab. Und lächle? Vergessen.

Hilft halt alles nichts.

Denn dann eines Februarmorgens das: Du gleitest in mich hinein, der Sex ist für unsere Verhältnisse erstaunlich ruhig. Sanft, aber mit Kraft bewegst du dich in mir, alles ist so intensiv und …

innig. Ja, das ist das Wort. Nachdem wir beide gekommen sind, bleibst du in mir, bis du von selbst hinausflutschst, streichst mir eine Haarsträhne aus der Stirn, guckst mir lange in die Augen und sagst:

»Ich liebe dich.«

Dann, nach einer kurzen Pause, als müsstest du dich selbst vergewissern, ob das stimmt: »Natürlich liebe ich dich.«

Und ich?

Bleibe stumm vor Schreck. Mein ganzer Körper versteift sich. In meiner Angst ziehe ich deinen Kopf an meine Brust. Nur nicht in deine schönen Augen sehen, nur nicht diesen liebevollen Blick ertragen, nur nicht dich erkennen lassen, wie überfordert ich bin. Selbst wenn ich wollte, ich bekäme keinen Ton heraus.

Vielleicht nimmt hier das Unglück seinen Lauf, werde ich später denken, wieder und wieder. *Vielleicht war das die falsche Abzweigung, der Pfad, der in den Abgrund führt.* Aber das ist natürlich Unsinn. Es gibt schlichtweg keinen Weg in den Himmel für uns. Nur darüber hinaus, das durchaus, denn wir sind ja die Größten, gemeinsam so stark. Aber wem es nicht genügt, nach den Sternen zu greifen, wer auch noch das Dahinter erkunden will, der fällt früher oder später zwangsläufig auf die Schnauze.

Immerhin mit Sternenstaub im Mund, um den ihn dann alle beneiden. Oder sie. Also dich und mich. Trotz aufgeschlagener Knie.

Ich habe das Glück gefressen!
Guckt her!

Ich bin ganz voll davon!
Gefressen habe ich es!
Mit ihm!
Wir beide!
Wir! Beide!
Wir!
Ganz kurz.
Mit Sternenstaub.
Immerhin.

Es ist Wochenende, wir schlafen wieder ein. Nach dem erneuten Aufwachen, fragst du: »Glaubst du, dass ich dich liebe?«

Ich konnte mich ein wenig beruhigen. »Na ja«, antworte ich »du hast es vorhin gesagt.«

Dein erschrockener Blick, als hätte ich dich bei etwas ertappt. »Hab' ich nicht.« Soll das heißen: Tue ich nicht? Ja. Oder?

»Hast du. Egal. Schon gut.«

Bin ich enttäuscht? Erleichtert? Vermutlich beides. Glaube ich dir? Und wenn ja, was? Letzteres wird noch häufiger die Frage sein als mir lieb ist.

Plötzlich fragst du weiter: »Was spricht für dich gegen eine Beziehung – mein Alter?«

Hast du nicht eben noch …? Worauf willst du hinaus? Ich schüttle den Kopf. »Daran habe ich mich mittlerweile gewöhnt.« (Halb gelogen.)

»Also?«

Gott, ich weiß es nicht. Meine Angst? Dass ich vergessen habe, was das ist, eine Beziehung? Was man dabei macht? Dass ich um meine Freiheit fürchte? Nicht verletzt werden will? »Vielleicht deine Unberechenbarkeit«, antworte ich schließlich. (Denn ja, das bist du – unberechenbar. Mal ein kleiner, kuschelbedürftiger Junge und dann wieder kalt wie Eis. Mal ein redseliger Draufgänger, dann wieder ein einsamer Wolf. Mal zugewandt, mal abweisend. Mal rufst du täglich mehrmals an, dann wieder lange nicht. Mal gibst du mir das Gefühl, die tollste Frau der Welt zu sein und dann wieder eine von vielen. Alles im schnellen, abrupten Wechsel, dem ich schwer folgen kann.)

Mein Herz klopft. Wo führt das hin? Was tue ich hier? Ich kann nicht. Kann nicht. Was? Fast automatisch formulieren meine Lippen: »Und für dich?«

»Eigentlich nichts.«

Eigentlich.

Nichts.

Eigentlich.

Nichts.

Eigentlich.

An diesem Morgen lässt du nicht locker: »Du?«

»Was?«

»Liebst du mich?«

»Ich weiß nicht.« Angst, Angst, Angst. Seit sieben Jahren habe ich zu niemandem mehr »Ich liebe dich« gesagt.

Du wirkst traurig.

Das will ich nicht. »Vielleicht habe ich mich ein bisschen verliebt«, wage ich mich aufs Eis. Eine Fußspitze nur setze ich auf die glitzernde Schicht.

»In wen?« Fragst du das tatsächlich?

»Na, in dich.«

Da lächelst du in dein Kissen. Entschuldige, ich muss es schreiben, auch wenn ich weiß, dass du es hassen wirst, aber:

wie ein glückliches Kind.
Und ich liebe dich tatsächlich.
Stumm.

Kapitel 7: DOUBLE BIND

In den nächsten Wochen verhältst du dich die meiste Zeit kühl. Grüßt mich vor anderen mit einer knappen Umarmung oder einem Kopfnicken, und auch wenn wir allein sind, gibst du dich unverbindlich bis beinahe genervt von mir, nur um mich nach dem dritten oder vierten Bier zu umarmen wie ein Ertrinkender einen Rettungsring, mich abzuküssen oder mir Komplimente zu machen:

»Mit niemandem kann ich so gut reden wie mit dir.«

»Du bist eine wahre Anarchistin.« (Bewundernd.)

»Wenn ich dich nicht hätte.«

»Mit dir habe ich den besten Sex meines Lebens.«

Oder auch solche Dinge:

»Verzeihst du mir, dass ich bin, wie ich bin?«

»Schade, dass du nicht eifersüchtig bist«

»Bitte bleib bei mir.«

Und immer wieder: »Ich hab dich so lieb.«

Anschließend oft tagelange Stille.

Oder beides gleichzeitig, *komm her, geh weg*, im fliegenden Wechsel, immer wieder, immer wieder, immer. Immer! Keine großen Dramen, nur kleine Irritationen und Stimmungswechsel, die ich vor mir selbst herunterspiele: *Er ist eben so. Komm damit klar. Immerhin wird es nicht langweilig mit ihm.*

Im Frühling habe ich Geburtstag, am Abend kochst du für mich. Du gibst dir augenscheinlich große Mühe, das Gemüsecurry schmeckt hervorragend, du hast den Tisch liebevoll gedeckt und einen guten Wein gekauft. Lächelst, küsst mich zur Begrüßung, streichst mir über den Rücken. Wirkst nervös, als sei dir wahnsinnig wichtig, dass der Abend gelingt. Dass du mich glücklich machst. Später lobe ich dein Essen und die schöne Atmosphäre, du leuchtest und strahlst, doch dann sage ich diesen einen Satz, einfach weil es mir in den Sinn kommt: »Es ist fast 20 Jahre her, dass das letzte Mal ein Mann für mich gekocht hat.«

Und du?

»Jetzt interpretier' das mal nicht über, ich hatte selbst gerade Hunger.« Dein Blick wird kühl.

Oh. Entschuldigung. Na dann. Vielleicht habe ich da ja was falsch verstanden. Vielleicht stimmt etwas nicht mit meiner Wahrnehmung. Was soll's. Kann passieren. Halb so wild.

Doch so ist es oft. Immer wieder Situationen in denen ich versuche, dich zu verstehen. Überlege: Wenn er doch dieses oder jenes tut ... Wenn er doch ausdrücklich sagt, dass ...

Du mich liebst.

Du möchtest, dass ich dich auf eine Party begleite. Mich sogar dazu überredest: »Bitte komm mit, zumindest kurz ...«

Dir meine Texte gefallen.

Aber erzähltest du nicht kürzlich noch etwas anderes?

»Verlieb dich bloß nicht in mich.«

»Warum nur bist du immer dabei? Ist ja klar, dass die anderen Mädels dann nix von mir wollen.«

»Na ja, du schreibst eben immer nur über die Liebe, so psychologisierend, das ist nicht mein Ding.«

»Mein Gott, ich verliebe mich in alle Frauen, mit denen ich schlafe, nimm das mal nicht so ernst.«

Oder irre ich mich? Habe ich dir nicht richtig zugehört?

Manchmal gibst du zu, dass dieses und jenes tatsächlich deine Worte waren. Aber: »Das hab ich doch nicht so gemeint.«

Kein Problem, so was kommt vor. Aber was meinst du dann? Und was nicht? Manchmal behauptest du innerhalb einer halben Stunde komplett konträre Dinge. Aber vielleicht habe ich wirklich etwas falsch verstanden.

»Interpretier' das mal nicht über.«

Okay.

Dann nicht.

Noch ist es nur ein kleiner Stich. Wunde aussaugen, weitermachen, fertig. Oder?

Egal, was du sagst, du wirkst stets überzeugt. »Du lügst nicht, du schillerst. Was eben noch weiß war, ist plötzlich blutig rot und wechselt wieder und wieder die Farbe, ganz aschig manchmal und dann wieder sonnenschön.« So verarbeite ich meine Verwirrung später in einer Geschichte. Immerzu im Labyrinth ...

Und ich?

Beginne, mich nach deinen Komplimenten und Umarmungen zu sehnen. Angst zu bekommen vor den kalten Momenten. Immer auf der Lauer zu sein. Bloß nichts falsch machen!

Wobei mir das alles erst im Nachhinein bewusst wird. Immer noch glaube ich ja, die Fäden in der Hand zu haben. Jederzeit gehen zu können. Über allem zu stehen. Das mit dir? Ach ... eine Liebelei im Wind.

Nix da.

Um mich abzulenken, schlafe ich mit Marcel. Erzähle dir davon, als es sich ergibt. Lilian hat die letzten Nächte mit dir verbracht.

Wir sind so … unabhängig!

Ha!

Wilde Kinder.

Ich brauch' dich nicht, du brauchst mich nicht. Aha.

Aber Liebe?

Liebe?

Kapitel 8: BEA

Dann die Sache mit Bea. Ihr lernt euch kennen, als ich dich zu ihrer Silvesterfeier mitnehme, sie ist eine Bekannte von mir, die ich ganz gerne mag. Als ich schon auf dem Weg bin, so gegen neun, rufst du mich an: »Was machst du heute?«

Ich teile es dir mit und frage, ob du mich begleiten willst. Ohne deinen Anruf hätte ich mich das nicht getraut, es hätte so was Verbindliches gehabt. Aber so. (Das ist noch einige Wochen vor deinem Liebesgeständnis im Februar, wohlgemerkt.) Du kommst also mit.

Die Feier besteht aus einer leicht gelangweilten guten Handvoll Menschen und zwei Flaschen Sekt, eine dritte habe ich mitgebracht, aber natürlich kommen wir damit nicht weit, und so bieten du und ich den anderen an, Nachschub zu besorgen, wohl wissend, dass wir nicht zurückkehren werden, und die anderen wissen es auch.

Damit es auch ja kein Missverständnis gibt, versicherst du dich im Treppenhaus noch einmal grinsend: »Hauen wir ab?«

Und dann scheint uns für den Rest der Nacht die Sonne aus dem Arsch.

Wir landen im Blauen Salon, einer winzigen Künstlerkneipe, in der ich häufiger zu Gast bin, du vielleicht auch, so genau weiß ich das nicht. Ein Weihnachtsmann steht auf dem Tisch, jemand spendiert uns Wodka, ein anderer bringt uns russische Trinksprüche bei, wir tanzen mit Fremden auf der Straße Sirtaki und liegen uns in den Armen.

»Schönes neues Jahr!«

»Schönes neues Jahr!«

Dann knallen die Korken, und es soll ein Jahr werden, das mein Leben in schmerzhafter Weise auf den Kopf stellt. Beziehungsweise, das trifft es besser: mein Ich.

Aber es beginnt wunderbar und am nächsten Tag gucken wir verkatert einen albernen Liebesfilm in deinem Bett, einen von denen, denen die Marketingabteilung gerne mal einen »Mädelsabend«-Sticker auf die DVD-Packung klebt: »Bridget Jones 2«. Du bist es, der beim Zappen daran hängenbleibt und ihn laufen lässt. Möglich, dass du ihn wirklich sehen willst, möglich, dass es dir egal ist, was läuft, möglich, dass es aus kalkulierter oder natürlicher Raffinesse geschieht:

Guck, ich bin männlich genug, dass mir so was nichts anhaben kann.

Guck, ich kann auch soft.

Guck, das hättest du nicht gedacht, was? (Hätte ich zu dem Zeitpunkt wirklich nicht.)

Guck, wie sehr ich dir vertraue. Du wirst mich nicht lächerlich machen deshalb.

So kommt es an bei mir. Ich bin gerührt. Fühle mich geschmeichelt. Denke tatsächlich: *süß*. Und: Diese Seite kennen sicher nur wenige von ihm.

Aber ich!

Ich!

Falls es ein Spiel ist, dann eins zu null für dich.

Vielleicht denkst du aber auch einfach, der Streifen könnte mir gefallen.

In den Monaten und Jahren darauf gucken wir häufig Tierfilme. Zählen im Anschluss auf, an wie viele Hai-Arten wir uns erinnern. Hammer-, Tiger-, Galápagos-, Zitronen-. Weißt du noch? Fasziniert hat uns eine Reportage über den Grönlandhai. Parasiten im Auge, fristet er nahezu blind und allein ein Leben in 1000 Metern Tiefe und ernährt sich von heruntersinkendem Aas, bis zu 400 Jahre lang. Im Nachhinein erfahre ich, dass diese vermeintlichen Fakten zum großen Teil als überholt gelten. Allein das Alter stimmt, aber die Geschichte bleibt in unseren Köpfen, wir erzählen sie weiter und einige Wochen später schreibt Amina, eins der Zuckermädchen aus der Bonbina, ein Gedicht über diesen gewaltigen Fisch und seine 400 Jahre Einsamkeit.

Einmal spielen wir auch ein Tierquartett mit Meeresbewohnern, das du in einer »Zu verschenken«-Schachtel vor einem Hauseingang gefunden hast. Du findest überhaupt immer wieder Dinge, ein reich bestücktes Nähkästchen aus kunstvoll geschnitztem Holz, eine Pflanze in einer Kokosnuss-Schale, die wir sinnigerweise Coco taufen, Weingläser, Bücher …

Als ich am nächsten Morgen in die Redaktion aufbreche, schenkst du mir zum Abschied die Karte mit dem Belugawal.

Ich lache. »Warum?«

»Weil der so süß ist.«

So kannst du sein.

Dafür könnte ich dich auch heute noch küssen.

Doch zurück zu Bea. Sie ist auf eine Weise hübsch, die erst einmal etwas langweilig erscheint trotz der schönen, großen Augen und der langen, dunkelblonden Mähne. Was mich dennoch an ihr anzieht, kann ich nicht sagen, vielleicht ahne ich, dass sie nicht so brav ist, wie sie aussieht, vielleicht bist es auch einfach nur du. Dein Interesse an dir. Obwohl du dich ja reihenweise für Frauen in meinem Umfeld interessierst. Und in anderen Umfeldern, überall. Aber etwas ist anders diesmal.

Auch zu meiner Geburtstagsfeier kommt sie. (Einige Tage, nachdem du mich bekocht hast, erinnerst du dich?) Die Party gerät ein bisschen außer Kontrolle, aber noch in einem Maße, wie ich es liebe, selbst als Gastgeberin. Als die ersten Gäste gehen, fragen sie mich nach trockenen Socken, die Wohnung ist voller Pfützen aus Limo, Wasser, Bier und Wein. Zu diesem Zeitpunkt hat der harte Kern noch lange nicht genug, und auch der mittelweiche ist noch da.

Bea ebenfalls.

Und du.

Irgendwann geht ihr Zigaretten holen, und als ihr wieder da seid, steht euch eure Knutscherei ins Gesicht geschrieben. Nun denn. Ich weiß nicht mehr, wie es dazu kommt, dass sich einige Zeit später, in den frühen Morgenstunden, plötzlich nur noch vier splitternackte Personen in meiner Wohnung befinden, eine davon bin ich und eine bist du.

Die dritte ist Bea.

Und schließlich Frieder, ein schöner Mensch, der genauso gut Frieda heißen könnte, wozu es ein paar Jahre später auch kommt (weshalb ich im Folgenden der Einfachheit halber das weibliche Personalpronomen benutze). Offenbar möchten wir schlafen gehen vielleicht auch kuscheln, jedenfalls drängen wir allesamt in mein Bett. Natürlich ist es zu eng, und Frieder, die eigentlich ein herzensgutes Wesen hat, aber unter Alkoholeinfluss zu Ausfällen neigt, packt die Wut.

»Macht doch euren Hippiescheiß alleine«, brüllt sie, während sie sich anzieht, sie sucht ihre Jacke, findet sie erst nach längerem Wühlen und rauscht irgendwann ab, wobei sie draußen noch weiter gewütet haben muss, wie wir aber erst am nächsten Tag erfahren. Mein verständnisvoller Nachbar klingelt freundlicherweise erst nachmittags, um uns zu bitten, die Schokoküsse von seiner Garagenwand zu kratzen und die bunten Glasscherben von der Straße zu fegen (*mein schöner Kerzenleuchter!*). Du hast ihm, nur mit einem Hoodie bekleidet, unten ohne die Tür geöffnet, und er hat sich bemüht, sich nichts anmerken zu lassen, wie du mir später lachend erzählst.

Montags darauf tut Frieder alles furchtbar leid.

Schwamm drüber.

Davor aber passiert Folgendes: Bea küsst dich, du mich, ich küsse Bea, in schönster Eintracht verknoten wir uns alle ineinander, du schläfst erst mit ihr, dann mir, dann wieder ihr, wechselst hin und her zwischen uns … Später erklärst du mir, deren sexuelle Erfahrungen mit Frauen sich auf ein paar harmlose Knutschereien beschränken, wie ich Bea anfassen solle, offenbar weißt du, was du da sagst, und ich bin eine gelehrige Schülerin, denn Bea genießt, was da passiert. Zwischendurch schlafen wir ein, nach dem Aufwachen machen wir weiter bis in den Abend hinein, mit Snackpausen und Konterbier, alles harmonisch, alles im Einklang, alles so weit wunderschön. Nur kurz gegen Ende gibt es mir einen Stich, den ich überspiele – als ich das Gefühl habe, dass du mich nur noch für ein paar halbherzige Pflichtstöße fickst, um dich sogleich umso ausführlicher ihr zu widmen.

Was du im Nachhinein abstreitest: »Ich fand euch beide toll! Mach's nicht kaputt, es war doch so schön!«

Und vielleicht hast du recht.

GEDANKENSPLITTER:

Wenig später lande ich übrigens fast noch einmal allein mit Bea im Bett. Wir teilen uns ein Taxi, denken kurz darüber nach und entschließen uns letztlich dagegen. An ihrem 30. Geburtstag, gut zweieinhalb Jahre später, kommt es außerdem zu einem kurzen Kuss. Hätte alles vielleicht eine hübsche Ménage à trois werden können, wer weiß.

Kapitel 9: BRUCH

Drei Wochen später entgleitet mir alles. Oder uns?

Vernissage eurer Raum-Installation: Mit deinen Freunden Samuel und Goran hast du die Bonbina in ein Labyrinth verwandelt, ein Labyrinth aus echten Bäumen, surrealen Videofilmen, einer nackt performenden Lilian, Asche, Erde, Blut. Wochenlang habt ihr euch abgeplagt damit, Material zu schleppen, zu verschrauben, zu arrangieren, zwischendurch gerietet ihr heftig mit Scharsad aneinander, der euer allzu sorgloser Umgang mit der Bonbina missfiel. Aber jetzt: ein Werk, das sich sehen lassen kann. Ich bin stolz auf dich. Freue mich, als du mich zur Begrüßung lange in den Arm nimmst. Danach beachtest du mich wenig, was der Situation geschuldet ist und darum kein Problem für mich. Ihr beantwortet Fragen, führt Leute herum, es ist euer Abend und offenbar ein Erfolg.

Wann kippt meine Stimmung?

Als Bea erscheint? Nein noch nicht. Obwohl es mir wehtut, dass du sie küsst, denn ich habe an diesem Tag deine Lippen noch nicht auf den meinen gespürt. Aber sei's drum.

Irgendwann bin ich Teil eures Knäuels, wir knutschen miteinander, alle drei, unsere Hände wandern und verknoten sich, aber diesmal spüre ich keine Leichtigkeit, etwas drückt auf meine

Brust, und dann plötzlich durchfährt es mich wie ein Blitz: *Das ist das Mädchen, an das ich ihn verlieren werde.* Und lässt mich nicht mehr los, nicht mehr los, nicht mehr los.

Ich werde dich verlieren.

Schon bald.

Bald.

Bald.

Unsere vielgliedrige Umarmung ertrage ich mit einem Mal nicht mehr und löse mich daraus. Bemerkst du es? Sieht nicht so aus. Wild küssend drückst du Bea gegen die Wand. Sie entwindet sich, folgt mir an die Bar.

Der nächste Schluck Wein öffnet meine Schleusen. Ich kann nicht aufhören zu weinen. Bea nimmt mich in den Arm, bald sind ihre Schultern nass von meinen Tränen. Dass ich mich in dich verliebt habe, gestehe ich ihr. Dass ich nicht weiter wisse, weil eine Beziehung für mich zumindest eine Option auf Unendlichkeit beinhalten müsse, ich bei dir aber nicht mal mal sagen könne, wie du in drei Tagen tickst. Dass ich Angst habe, mich auf dich einzulassen. Angst, mich überhaupt auf irgendjemanden einzulassen. Aber auf dich besonders. Nur dich aufgeben, das könne ich auch nicht. Oder doch?

Bea tröstet mich. Fragt: »Soll ich mich zurückhalten heute?«

Ich schüttle den Kopf. Denn was würde passieren? Ich wäre dein Ersatz-Fick heute Nacht. Danke, nein. Stolz bin ich. Und dumm.

Was sie mir überdies rät?

Ich habe es vergessen.

Irgendwann verabschiedet sie sich. Drückt mich noch einmal. »Alles Liebe.«

Noch einen Wein, noch viel Wein. Trinken, verdrängen … Dann Aufbruchstimmung, zwei Handvoll Leute. Und in meiner Trunkenheit platze ich schließlich damit heraus: »Ich habe immer gesagt, wenn ich mich in dich verliebe, beende ich das Ganze«, schluchze ich dir entgegen. »Es ist so weit, ich kann nicht mehr. Ich kann nicht mehr, das hat keinen Sinn, ich weiß nicht weiter …«

Im Nachhinein spiele ich diese Szene immer wieder in Gedanken durch: Wie du mich von den anderen wegziehst und mich beruhigst. Mir die Tränen aus dem Gesicht küsst, die Arme um mich schlingst und beteuerst, dass du mich liebst. Dass ich keine Angst haben müsse. Dass wir das schaffen. »Wir beide sind doch stark. Wir gehören zusammen. Alles wird gut.«

So hätte es sein können.

Aber so war es nicht.

Stattdessen ist dir die Situation unangenehm. Ich bin dir spürbar peinlich. »Muss das sein? Lass uns morgen reden, ja?« Und: »Fahr nach Hause.«

Ich will aber nicht gehen.

Ich will dich.

Ich weine. »Aber …«

Dein Gesicht wird hart. »Fahr heim.«

Nichts zu machen.

Keine Chance.

Also stolpere ich zur U-Bahn, fahre nach Hause und weine die ganze Nacht, unterbrochen von etwas Schlaf und ein paar Funken Hoffnung. Das kann nicht das Ende sein. Oder?

Am nächsten Morgen schreibe ich dir: »Tut mir leid. Ich wollte dir nicht den Abend verderben.«

»Hast du aber. Musste das ausgerechnet bei meiner Ausstellung sein? Vor allen Leuten?« Und: »Bin übrigens gerade bei Bea. Mach's gut.«

Autsch. Ich schlucke. Mir ist schlecht. Diese Bilder im Kopf. Aber okay … »Entschuldige«, schreibe ich. »Scheiß-Alk. Hätte das schon vor Wochen tun sollen. Können wir in den nächsten Tagen reden? Bitte. Viel Spaß euch.«

Keine Antwort.

Erst einige Stunden später: »War heute Morgen noch angepisst, sorry. Ich hoffe, wir sind noch Freunde. Hab' dich sehr lieb.«

Hoffnung. Ich schreibe dir eine Mail. Gebe zu, dass ich mich in dich verliebt habe und auf Bea eifersüchtig war, freie Liebe hin oder her. »Sie hast du gleich geküsst, aber mich …?« Fasse alles zusammen, all meine Ängste und Wunden, über die wir bereits häufig gesprochen hatten: Dass mir oft gesagt wurde, in »eine wie mich« könne man sich nicht verlieben, dass ich mir eine Trotzhaltung angewöhnt und aufgehört habe, auf ein Dasein als Paar zu hoffen, mich arrangiert habe mit meinem Leben als freie Frau, die freundschaftlich fickt, aber bloß nicht mehr liebt. Dass ich mich darum schwer getan habe, mir eine Beziehung vorzustellen, obwohl ich dich nicht verlieren wolle. Dass ich jetzt aber doch …

Tags darauf endlich das klärende Gespräch. Meine Eifersucht auf Bea sei völliger Quatsch. Aber ja, wir müssten unsere Affäre beenden. Ich sei zu alt für dich, erklärst du mir. Zu lieb. Zu offen. Damit könntest du nicht umgehen. Und überhaupt: Du seist eben einfach nicht in mich verliebt. »Liebe ist für mich Leiden. Dass ich eine Frau liebe, spüre ich daran, dass ich mich von ihr abhängig fühle. Das ist bei dir nicht so. Das hat keinen Sinn mit uns. Es ist vorbei.«

»Aber vor ein paar Wochen, da sagtest du noch …«

»Da war ich betrunken.«

Da warst du betrunken.

Alles klar.

Es kann also das Ende sein.

Eben doch.

Alles auf Anfang.

Ich habe dich verloren. Schneller als gedacht.

Kapitel 10: HIMMEL UND HÖLLE

Alles ist kalt. Leer. Tut weh. Und doch: Ich bin erwachsen. Weiß: Man kommt da durch, durch solch eine Zeit. Es reißt mir den Boden unter den Füßen weg, aber auf eine Weise, die ich schon kenne. Ich werde überleben. Aufstehen, Krone richten, diese Sprüche. *Erlaube dir zu weinen. Nimm den Schmerz an. Aber: Guck nach vorn. Tu dir was Gutes. Du bist immer noch du. Liebenswert. Alles. Du hattest ein Leben vor ihm. Du bist stark. Immer noch du. Immer noch du. Du.*

Tja.

Ich bin immer noch ich.

Immer noch.

Noch!

Noch.

Auf einer Party eine Woche später hält mich Bea wieder im Arm. »Vielleicht bin ich nicht die Richtige dafür,« sagt sie, »aber: Ich hab' dich lieb und bin für dich da. Das sollst du wissen.«

»Danke«, murmle ich. Traurig, aber gefasst. Das Leben geht weiter.

Doch dann dein Anruf. Weitere zwei, drei Tage sind vergangen, das Telefon reißt mich nachts aus dem Schlaf: »Ich habe geträumt, du seist das ganze Für und Wider meines Seins.«

Es klingt, als eröffnetest du mir etwas Besonderes. Mein Herz klopft. Was soll das heißen? Was willst du mir sagen?

Da redest du schon weiter: »Ich habe mich immer so wohl gefühlt in deinen Armen. Komm bitte zu mir.« Du bist betrunken, lallst ein bisschen, lässt nicht locker, bettelst: »Ich vermisse dich. Bitte. Bitte komm. Bitte.«

»Jetzt?«

»Ja.«

Zehn Minuten später sitze ich im Taxi zu dir. (Wie oft wird das noch passieren! Meist zu einer Zeit, in der keine U-Bahn mehr fährt. Also Taxi oder Fahrrad, je nachdem, wie es gerade um meine Finanzen steht. Wachgeklingelt werden, hochschrecken, ab zu dir. Wieder und wieder und wieder. Und tagsüber die Arbeit. Wer braucht schon Energiereserven. Wo du doch meine Droge bist.)

Du willst reden. Ich sei dir wahnsinnig wichtig. Auch meine Schreiberei würdest du schätzen, wenngleich nicht mögen. Und: »Ich glaube nicht, dass du mich wirklich liebst. Ich war eben da, das ist alles.«

Ich zucke mit den Schultern. Erkläre schlicht, dass meine Gefühle durchaus echt seien, dass ich mich aber nicht abstrampeln werde, um es zu beweisen. Was erwartest du?

Später entkleidest du mich zärtlich, ziehst mich zu dir ins Bett, ohne Anstalten, mit mir zu schlafen. Nackt, umschlungen, wir beide, die Sterne, deine Arme, deine Küsse, dein Atem, dein Haar ... Es ist die Nacht zum ersten Mai. Alles wird gut, gut, gut ... Irgendwann streichelst du mich, bis ich komme. Nur deinen steifen Schwanz verweigerst du mir. Schiebst meine Hand weg, als ich danach greife. Warum auf einmal? Ich könnte akzeptieren, wenn du einfach nicht wolltest, aber alles in dieser Geste wirkt künstlich, gestellt. Irre ich mich? Und wenn ja, worin?

Am nächsten Morgen schlafen wir doch miteinander, es hat eine Weile gebraucht, dich zu überzeugen. Danach bereust du es: »Eigentlich wollte ich dir beweisen, dass es nicht nur der Sex ist, den ich an dir mag.«

Okay … Ein bisschen rührt mich deine Unbeholfenheit. Denn mal ehrlich: Du schiebst mir die Kleider vom Leib und wenig später die Finger zwischen die Beine und denkst, dein Schwanz allein mache den Unterschied? *Come on.*

Dein Blick ist ernst: »Glaubst du mir das?« Und als ich nicht gleich antworte: »Bitte. Das ist mir wichtig.«

Also nicke ich und ziehe deinen Kopf an meine Brust. »Trotzdem können wir doch miteinander schlafen, wenn wir es beide wollen, oder?«

Du schweigst.

Nach einer Weile sagst du: »Mal sehen. Eher nein.«

Kurze Zeit später erfahre ich, dass du zu diesem Zeitpunkt bereits mit Bea zusammen bist. Du erzählst es mir in einem unserer Telefonate, fast jede Nacht rufst du mich an: »Wir sind jetzt ein Paar.«

Alles dreht sich.

»Na, dann viel Glück.« Was soll ich sonst sagen?

»Sei nicht so bissig.«

Wie bitte? Was?

»Ich liebe dich. Ich liebe dich wahnsinnig, wäre so stolz gewesen, wenn du meine Freundin geworden wärst …«

WAS?!

»Aber du hast immer nur von deinen anderen Männern geredet …«

Und du? Deine Frauen?

Du errätst meine Gedanken: »Wenn ich die anderen Mädels erwähnt habe, dann immer nur als Reaktion darauf.«

Als wenn eine Erwähnung nötig gewesen wäre! Es lagen oft fremde Haare in deinem Bett. Benutzte Kondome daneben. Fremde Slips. Ich habe deine Hand auf fremden Hintern gesehen. Nicht nur einmal. Viele Male.

Du hast einen Freund vor meinen Augen gefragt, ob er mit mir schlafen möchte. Ich sähe doch geil aus, nicht wahr? Ob er nicht scharf auf mich sei? Als wir eines Nachts bei dir im Treppenhaus Sex hatten, wolltest du bei einem Nachbarn klingeln, ich sollte mit ihm vögeln, du wolltest zusehen dabei. Ich hab's nicht getan, aber so war es. Das ist die Wahrheit!

Nur fällt sie mir in dem Moment nicht ein. Du bist so überzeugend. Und tatsächlich habe ich ja gezögert, mich ganz auf dich einzulassen, tatsächlich gab es die anderen Männer, auch wenn ich sie nur noch selten getroffen habe, aber vielleicht kam das anders bei dir an …? Habe ich übertrieben mit dem Betonen meiner Unabhängigkeit? Dich so sehr verletzt? Habe ich das? Mir wird schlecht.

»Bea hat mich gefragt, ob ich ihr Freund sein wolle. Ich meinte ›Ja, klar‹, da fiel sie mir um den Hals. Das war so schön. Sie wollte mich richtig. Bei dir wusste ich nie …«

Was habe ich getan?

Scheiße. Verdammte Scheiße.

»Aber … ich hätte die anderen Männer doch problemlos aufgegeben für dich. Hab sie ja eh kaum noch gesehen, insgesamt vielleicht vier- oder fünfmal in den letzten Monaten. Sie wissen doch seit Wochen, dass sie mit dem Ende unserer Affären rechnen müssen. Weil ich auf eine Beziehung mit dir hoffe«, stammle ich. Und weine.

Das verblüfft dich. Trotzdem: zu spät. »Ich liebe dich sehr, aber Bea ist meine Freundin.«

Es bleibt nicht bei diesem Anruf. Viele weitere folgen.

Immer wieder, immer wieder: »Ich liebe dich so intensiv, wir wären so ein gutes Paar gewesen! Bea wollte mich richtig, du ja nie … Dass sie meine Freundin sein könnte, habe ich doch auch erst gemerkt, als ich in der Nacht nach der Ausstellung mit ihr geschlafen habe. Weil der Sex so fantastisch war. Oh Gott … krass, dass ich nicht kapiert habe, was du für mich fühlst … Hätten wir dieses Gespräch doch nur vor drei Wochen geführt!«

Alles dreht sich, dreht sich, dreht sich. Irgendetwas stimmt hier nicht. Oder? Werde ich verrückt?

In den nächsten Tagen schreibe ich dir viele Mails, die ich nicht abschicke und schließlich einen Brief, den ich dir gebe: »Nie wollte ich einem Mann hinterherlaufen, nie um Liebe betteln, mich nie in eine Beziehung drängen. Wenn du Bea mehr liebst als mich, dann respektiere ich das natürlich, allerdings hast du mir in den letzten Tagen Hoffnung gegeben …« Auch dass ich mir eine Beziehung zu dritt vorstellen könnte, erwähne ich. Und sehr viel mehr, es kommen einige Seiten zusammen.

Am nächsten Tag klingelt mein Telefon. Deine Stimme ist eisig. Was für eine grausame, von Eifersucht zerfressene Psychopathin ich doch sei, eine Psycho-Fotze, kaputt und krank. »Ich liebe dich so sehr, und jetzt das!« Wie ich es wagen könnte, dir einen solchen Brief zu schreiben, wie ich das Bea antun könne!

»Wie *ich* ihr das antun kann? Was ist denn mit dir? Wer ruft mich denn ständig an, soll ich ihr davon vielleicht mal erzählen?«

»Ach, jetzt drohst du mir auch noch, ja? Das wird ja immer schöner! Du ekelst mich an. Wenn du das tust … Ich weiß nicht, was sich mit Bea entwickelt, alles ist offen, aber sie war immer ehrlich, im Gegensatz zu dir. So viele Chancen hast du gehabt, mit mir zusammenzukommen, nie hast du sie genutzt …«

Habe ich? Habe ich? Ich weiß es nicht. Ja … nein … weiß es nicht, weiß es nicht … verdammt. Dieses Hämmern im Kopf. *Du hast verspielt, Baby. Gib auf.* Verspielt. Scheiße. Scheiße! Ich kann nicht aufhören zu weinen. Du legst auf. Gehst nicht mehr ans Telefon. Verzweifelt tippe ich erklärende Nachrichten in mein Handy. Bettelnde. Wirre. Wozu? Ich zittere. Heule mir die Augen halbblind. Irgendwann deine Antwort: »Ich kann dein blödes Gejammer nicht mehr ertragen! Du wirst mich nicht mehr belasten, du nicht! Wir werden nie zusammenkommen. Ich liebe dich nicht mehr.« Einmal noch rufst du an: »Ich bin innerlich tot. Warum seid ihr Frauen nur so kaputt? Überall diese gestörten Weiber um mich herum … Lass mich in Ruhe. Und geh nicht mehr ans Telefon, wenn ich dich nachts anrufe.«

»Das Erste kriege ich hin, das Zweite nicht. Nicht mehr anzurufen ist dein Job.«

Immerhin das erkenne ich. Ansonsten bin ich blind. Habe keinen Blick für die Absurdität der Situation. Fühle nur: Ich allein bin schuld. Habe alles kaputt gemacht. Bin selbst kaputt. Dumm. Feige. Eine grausame Psychopathin. Ein Nichts.

Wie hast du das geschafft?

Kapitel 11: TAUB

Ich spüre mich nicht. Schlafe jede Nacht nur kurz und unterbrochen von Schluchzern, wache auf, gehe duschen, arbeiten, funktioniere, aber den Körper, der das alles macht, kenne ich nicht. Auch nicht den Kopf, der meine Gedanken denkt. Ein Roboter bin ich. Oder nicht einmal das. Ein Phantom. Ich kann nichts essen. Einmal versuche ich es, koche Nudeln, doch der erste Bissen wird im Mund immer größer, es dauert eine Ewigkeit, bis ich ihn hinunterschlucken kann. Nach dem zweiten gebe ich auf.

Erst vor Kurzem hatte ich eine neue Arbeitsstelle angetreten. Ich will das schaffen, ich darf nicht versagen, starre minutenlang auf den Bildschirm, vermutlich tippe ich auch manchmal etwas, ich weiß es nicht, bin ganz leer, nur hin und wieder regt sich mein Überlebenswille, zweimal am Tag flöße ich mir Smoothies ein, das geht, da muss ich nicht kauen, aber eine Überwindung ist es doch. Trotzdem: *Halt durch, halt durch, halt durch*, sage ich mir, sagt mir der Rest meines Ichs.

Der Rest meines Ichs ist es auch, der mich aufschreiben lässt, was passiert ist und passiert, ohne Anspruch auf literarische Schönheit, ein schlichtes Protokoll, an das ich mich klammern kann, in dem ich nachlesen kann, was du wann gesagt und getan hast, wie ich reagiert habe, denn meiner bloßen Erinnerung vertraue ich nicht mehr, zu sehr hast du mich bereits gelehrt, dass nichts ist, wie es scheint oder sehr wohl ist, wie es scheint, aber im nächsten Moment schon vollkommen anders sein kann. *Glaub nichts, sei immer auf der Hut.* Bin ich deine »geliebte Anarchistin«? Eine »gestörte Psycho-Fotze«? Brauchst du mich? Hasst du mich? Liebst du mich? Was? Was?! Verdammte Scheiße, ich weiß es ja: *Alles!*

Ich suche Bilder für das, was ich empfinde:

Eine eiserne Faust, die mir mein Herz blutig quetscht.

Ein Krampf in der Seele, als sei sie ein Bein.

Lebendig tot sein.

Ein Nichts sein.

Eine leere Hülle.

Gott, denke ich mir in den wenigen klaren Momenten, *das kann doch nicht wahr sein! Reiß dich zusammen! Niemand ist gestorben. Liebeskummer schmerzt, aber was du da behauptest zu fühlen, das ist absurd.* Behaupte ich es nur? Darf ich nicht fühlen, was ich fühle? Bin ich lächerlich? Was für ein Bild gebe ich nur ab? Verliere ich den Verstand? Und wie konnte es nur dazu kommen?

Es tut so weh, so weh, so weh. Und gleichzeitig: Taubheit. *Ich bin ein Niemand.*

Du änderst deinen Facebook-Status:

In.

Einer.

Beziehung.

Ich lösche dich als Freund, so etwas habe ich noch nie gemacht, es tut weh, ich zittere dabei. In meiner Verzweiflung hacke ich eine wilde, kryptische Trauertirade in meine Chronik, das ist eine Schnapsidee, schon klar, aber der Zuspruch, den ich daraufhin von allen Seiten bekomme, tut mir gut. Wenige Tage später packt mich plötzlich die Wut, und das ist vermutlich ein Zeichen, dass ich irgendwo tief in mir doch noch gesund bin, auch wenn ich nach wie vor gefangen bin in einem agierenden Etwas, das meinen Körper besitzt, meine Stimme, meine Gedanken, das mir aber so fremd ist, so fremd, so unglaublich fremd. Ganz ehrlich: Es geht noch über das Gefühl der Wut hinaus. Zum ersten Mal in meinem mittlerweile 37-jährigen Leben empfinde ich Hass. Auf dich, auf mich, auf die Liebe und das Leben. Na ja: vor allem auf dich. Obwohl oder weil sich alles in mir nach dir sehnt. Liebe und Hass liegen oft nah beieinander? Ein Spruch, dachte ich immer. Aber genau so ist es. Ich möchte dich schlagen, auch das ist ein neues Gefühl, eine Seite an mir, die ich nicht kenne, ich will dir eine runterhauen, fest, mit Kraft, es soll dir wehtun. Tatsächlich übe ich sogar, damit ich mich nicht lächerlich mache, damit er sich nicht in der Luft verliert, mein Hieb, damit er sitzt, wenn es eines Tages dazu kommen sollte. Ich schlage auf meinen Oberarm ein, wieder und wieder, ich kenne mich nicht mehr, ich möchte auf dich einprügeln, ich will diesen Hass loswerden, will … dass alles vorbei ist.

Und wieder brülle ich alles hinaus ins Netz, klage einen Lügner an, der mit gezinkten Karten spielt, und wer uns kennt, ahnt natürlich, dass ich dich damit meine. Warum ich das tue? Ein Hilfeschrei? Auch. Ich spreche seit jeher recht offen über mein Fühlen und Erleben. Aber sprechen gelingt mir zurzeit nicht, ohne zu weinen. Also schreiben. Auch, weil ich dabei zwangsläufig meine Gedanken sortiere. Warum öffentlich? Vielleicht, weil ich eine Bestätigung suche, dass es mich noch gibt. Ja, ich wiederhole mich. Aber das ist in dieser Zeit mein vorherrschendes Gefühl: Ich habe mich selbst verloren. Meine Seele ist kaputt. Klug oder fair sind die lauten Anklagen nicht, schon klar. Aber es geht nicht anders, zumindest fühlt es sich so an. Ich staune, wer sich plötzlich alles bei mir meldet. Mich tröstet, mir Unterstützung zusagt, mich aufbaut und virtuell hält. Freunde von früher, lose Bekannte und auch Lilian, die mittlerweile weggezogen ist. Dass sie dich als Künstler schätze, schreibt sie, du aber zu unreif seist für eine Beziehung. Dass ich jemanden finden würde, der besser zu mir passe. Eine Weile schreiben wir hin und her. Ich glaube nicht an jenen Besseren, aber ihre Worte und die der anderen helfen. Erinnern mich an den Menschen, der ich einmal war. Von dem vielleicht doch noch etwas übrig ist. Hoffnungsfunken.

Ein Abend in der Bonbina. An die 70 Menschen sind dort, auch wir beide, aber wir sehen durch einander hindurch wie schon auf anderen Veranstaltungen davor. Es gibt mich nicht mehr für dich, das demonstrierst du mir deutlich, und ich wage nicht, etwas zu sagen, taumele durch den Raum, plaudere und lache. Bin ich gut darin? Merkt jemand was? Ich möchte schreien und bleibe stumm. Viele kleine Happenings, ein buntes Spektakel, ein mit etwas Ernst gespickter Spaß, Gedichte werden improvisiert, Tänze erfunden, Lose gezogen. Ich bin als kleiner Programmpunkt eingeplant, warum nur habe ich zugesagt? Ich soll Karten legen, das habe ich als Studentin mal gelernt, damals war ich recht gut darin, warum auch immer, Magie oder Menschenkenntnis oder der Wille zum Glauben, wer weiß das schon. Jetzt also meine Aufgabe, ich soll herausfinden, ob sich in unserer Runde der neue Erlöser befindet, *Freiwillige vor.* Seit zwei Wochen habe ich kaum gegessen, der Wein knallt, mein Hirn ist benebelt, ich existiere weiterhin kaum. Aber dann liegen die Karten so eindeutig wie seit Jahren nicht. Fast schäme ich mich, es auszusprechen, so banal, so schlicht ist das Bild, aber so steht es nun mal da: Der Erlöser, die Erlöserin, das sind wir alle.

Na also, Jubel, Trubel, Heiterkeit.

Als der Abend endet, ist der Boden der einstigen Süßwarenfabrik, der Bonbina, mit Papieren bedeckt, mit Farbsprenkeln und Flitter. Wir Zuckerkinder räumen auf oder sollten es, denn ich bleibe als einzige sitzen. Es geht nicht anders. Ich sitze auf dem Boden und kann mich nicht bewegen oder nur ganz schwach, bin ansprechbar, aber höre alles durch einen Nebel. Seltsamerweise ist es ein angenehmes Gefühl und ich habe ein Wort dafür: Frieden. Ich Ungläubige fühle mich eingehüllt von Gott. (Ja, klar: Es waren der Wein und der leere Magen, der Stress der vergangenen Wochen. Irgendwas Psychisches. Egal. Egal! Gott also.) Ich fühle mich voller Freude und Licht, doch ein wenig schleicht sich nach einer Weile Angst ein: Ist es nun so weit? Verliere ich endgültig den Verstand? Gibt es mich nicht mehr? Ende ich als arme Irre?

Ich antworte, wenn mich jemand anspricht. Entschuldige mich, dass ich nicht mit anpacke. Frage, ob ich normal wirke oder psychotisch. Nein, sagt jemand, alles okay. Wahrscheinlich hält man mich schlicht für betrunken, und natürlich bin ich das auch, aber da ist noch mehr, das spüre ich, und ja, ich muss es wiederholen: Frieden. Frieden. Frieden. Als wir die Bonbina spät nachts verlassen, sind wir nur noch zu viert, noch immer haben du und ich kein Wort miteinander gewechselt, haben vermieden, einander anzusehen. Jetzt spreche ich dich an, es kostet mich nicht einmal viel Mut, es fühlt sich selbstverständlich an, so, als habe ich eine Lösung gefunden. Die Lösung.

»Hey, … wollen wir nicht im Frieden auseinandergehen?«

Du explodierst. Wie ich es wagen könne, dich anzusehen! Was mir einfalle, über dich zu reden! »Du hast Lilian erzählt, ich sei immer noch in sie verliebt!«

Wie bitte?!

»Das ist nicht wahr.« Ist es tatsächlich nicht.

»Eine verdammte Lügnerin bist du!«

Mit zitternden Händen krame ich nach meinem Handy, halte es dir hin. »Du kannst alles lesen, was ich ihr geschrieben habe!«

Doch du machst nur eine wegwerfende Handbewegung, blickst mich voller Verachtung an und stürmst davon. »Lass mich bloß in Ruhe!«, schreist du im Entfernen.

Wieder einmal reagiere ich nicht besonnen, rufe dich vom Taxi aus an, flehe dich an, mir zu glauben, verspreche dir Screenshots von Lilians und meiner Unterhaltung, bettle um Frieden …

Du bleibst kalt und dramatisch: »Ich bin umgeben von Frauen, die sich selbst verachten! Ganz ehrlich: Du bist dabei noch mein kleinstes Problem. Du bist für mich nur noch ein Ärgernis, ich wünschte, ich wäre dich endlich los.«

Am Tag darauf stehe ich vor der Psychiatrie in der Nussbaumstraße. Möchte hineingehen und um Medikamente bitten, die mich schlafen lassen. Ein paar Wochen lang, bitte, bis mein Kopf wieder funktioniert, bis ich wieder ich bin. Aber etwas in mir sträubt sich. »Selbst jemand wie du wird mich nicht brechen«, schreibe ich dir. Dramatisch kann ich auch, da geben wir uns nichts.

Ist das das Ende? Natürlich nicht, es geht erst los.

Kapitel 12: LICHT UND SCHATTEN

Ich besitze noch einige Hexenbücher aus meiner Studentinnenzeit. Hokuspokus oder echtes Wissen, solche Fragen sind mir in diesen Dingen meistens egal, ich bin nicht gläubig, vertraue aber auf die Kraft meiner Psyche und auf Rituale als Brückengeländer des Lebens. Also: Entliebungszauber. Gibt ja alles. Rosenwasser brauche ich, Meersalz, eine Badewanne, zudem zwölf Dolden Flieder. Praktischerweise blüht er tatsächlich gerade überall in der Stadt, es ist Mitte Mai. Allein: Es gelingt mir nicht, ihn zu klauen. Eine hier, eine dort, rede ich mir ein, so, dass es nirgendwo wirklich auffällt, aber es hilft nix, ich kann so was einfach nicht. Stattdessen fahre ich Blumenläden und Baumärkte ab. Was ich finde, sind kleine, teure Bäumchen, und ich bin kurz davor eines zu kaufen, schlafe aber dann doch ein paar Nächte darüber, erzähle meiner Freundin Nora davon, die in einer anderen Stadt wohnt und die mir schließlich tatsächlich ein Päckchen schickt, ein Päckchen voller Fliederdolden, abgeschnitten rund 300 Kilometer entfernt von mir, sie haben erstaunlich gut überlebt.

Ich lege mich mit den Blüten ins salzig-rosige Badewasser, führe das Ritual nach Anleitung durch, zerbreche einen Fliederstiel nach dem anderen, und glaub es oder nicht, etwas in mir löst sich. Nicht meine Liebe zu dir, die werde ich womöglich nie mehr los, ehrlich gesagt bin ich davon mittlerweile sogar überzeugt. Was jedoch passiert während meiner Hexenminuten ist vielleicht noch wichtiger: Ich bekomme mich selbst zurück. In den kommenden Jahren mit dir werde ich mich noch ein ums andere Mal verlieren, ich werde noch ein ums andere Mal verschwinden, einen besseren Zugang zu deinen Gefühlen haben als zu meinen eigenen, aber nie wieder werde ich mich mit solcher Intensität ferngesteuert, leer und seelenlos fühlen wie in den vergangenen Wochen. Dafür bin ich dankbar: In mir ist immer ein starker Kern, wenngleich er manchmal verschüttet scheint. Neben dem Ritual hilft mir bald noch etwas Irdischeres, eine Diagnose, doch dazu später mehr.

Wenige Wochen danach hast du Geburtstag. Ich hätte ihn vielleicht ignorieren sollen, aber das gelingt mir nicht. Ich habe eine kindliche Freude an solchen Ehrentagen, möchte an dem meinen die Königin sein und bin an denen von anderen gerne Teil des Hofstaats. Außerdem hoffe ich weiter auf Frieden, weiß ich doch um deinen guten Kern, oder glaube zumindest, darum zu wissen. Nein, ich bleibe dabei: Ich weiß es. Bis heute. Du bist einer der liebevollsten Menschen, die ich kenne, in genau diesem Wortsinn. Weißt nur nicht, wohin mit dieser Liebe – eimerweise ausschütten oder doch lieber verstecken? Du versuchst es mal so, mal so. Nur eines kommt dir nicht in den Sinn: dir selbst etwas davon abzugeben.

Dein Geburtstag also und mein alberner Wunsch nach Harmonie. Doch wie soll ich dich ehren, wenn unser Kontakt doch eingefroren ist zurzeit? Und bin ich nicht eigentlich übergriffig, wenn ich es tue? Vielleicht. Trotzdem klicke ich mich durch Online-Buchshops, nutze Algorithmen, *Kunden, die »Kokain« von Pitigrilli gekauft haben, interessierten sich auch für …* Immer wieder: *Reise ans Ende der Nacht* von Céline. Also.

Zwei Tage vor deinem Geburtstag rufst du mich an, ich bin in der Redaktion, gehe kurz vor die Tür.

»Dein Päckchen kam an.«

»Ah.«

»Was soll das?«

»Wie meinst du?«

»Das Buch habe ich schon.«

Mir wird ein wenig schwindlig. »Oh. Das tut mir leid, dann schenk es weiter, sorry …«

Deine Stimme wird schneidend: »Du willst mich nur fertigmachen, das willst du immer. Tausendmal habe ich dir gesagt, dass das mein Lieblingsbuch ist.«

»Oh, echt?«

»Ja, verdammt!«

Hast du? Ich erinnere mich nicht. Erinnere mich an kein einziges Mal. *Höre ich dir so schlecht zu? Bin ich so durcheinander? Meine Wahrnehmung … Was stimmt nicht mit ihr, mit mir? Habe ich es nicht doch bei dir liegen sehen? Ich hätte besser aufpassen müssen.* Plötzlich erscheint es vor meinem inneren Auge, das Buch in deinem Regal. Auf deinem Bett. *Natürlich! Oder? Scheiße. Ich weiß es nicht. Kann es sein, dass ich dein Lieblingsbuch nicht kenne? Wie unwahrscheinlich. Aber … oh Gott. Hätte ich nur … Ich hätte auch jemanden fragen können. Ein unbekannteres Werk wählen. Deinen Geburtstag einfach verstreichen lassen. Du hattest mir klar gesagt, dass du nichts mehr von mir wissen wolltest. Was bilde ich mir nur ein? Wirklich, was soll das? Was wollte ich nur? Bin ich so gestört? Ich hätte … hätte … Ich habe alles falsch gemacht. Scheiße. Scheiße!*

Du hörst nicht auf, mich zu beschimpfen. Warum ich dich nicht in Ruhe lassen könne. Was für eine widerliche, lästige Psychopathin ich sei, was für ein krankes Hirn ich doch habe. Wie gut es dir gehen würde ohne mich. Wie schön die letzten Wochen waren, als du nichts von mir hören, mich nicht sehen musstest.

Ich fange an zu weinen, das bringt dich noch mehr in Rage: »Wie gestört du bist, wie abstoßend! Ihr Frauen seid doch alle kaputt!«

»Du sagtest doch …«, stammle ich, »an diesem einen Tag, da meintest du, du liebst mich.«

»Mein Gott, das! Ich wollte eben hören, dass du in mich verknallt bist.«

»Aber warum?«

»Was weiß ich. Weil ich eben ein Arschloch bin. Hat Spaß gemacht. Ich war schon immer gut im Leute-Manipulieren. Tja. Da hast du's.«

»Und dann in der Nacht zum ersten Mai, als du mich zu dir bestellt hast …«

»Da wollte ich dich eben wiederhaben. Jetzt heul nicht rum, du widerst mich an, das ist ja ekelhaft! Müsst ihr immer so hysterisch sein?«

Muss ich immer so hysterisch sein? Muss ich immer weinen? Du hast recht. Ich bin überempfindlich. Drehe viel zu oft durch. Oder? Was habe ich mir nur eingebildet? Meine Gedanken drehen sich im Kreis. Im Ohr deine eiskalte Stimme, im Herzen ein bleischwerer Klotz.

Und so werde ich im Laufe des Gesprächs zu dem, was du mir vorwirfst: Ich schluchze. Schreie dich an. Grabe mir die Fingernägel in den Arm. Breche im Treppenhaus zusammen. Fühle mich wertlos und krank.

»Weißt du, Dinge werden wahr, wenn man sie oft genug sagt …« Tja. Julia Engelmann funktioniert auch in düster.

»Ich lösche deine Nummer«, beendest du das Gespräch.

»Mach das«, flüstere ich, auf der Treppe kauernd.

Eine Kollegin möchte mich nach Hause schicken, aber hey, nein – *ich funktioniere schon wieder*. Gleich! Brauche nur ein Taschentuch. Wär' doch gelacht!

Zwei Wochen lang haben wir keinen Kontakt. Ich quäle mich durch die Tage, weine viel, muss mich zwischendurch übergeben, ohne krank zu sein, bekomme aber alles irgendwie hin. Die Arbeit. Den runden Geburtstag meiner Mutter. Unsere Familienausstellung in der Bonbina, »Sippenkraft«, mit Tanten und Onkeln, Cousinen und mehr. Kaum eine Sekunde, in der du mir nicht fehlst. In der ich nicht zu analysieren versuche, was schiefgelaufen ist. Welche Fehler ich hätte vermeiden können. Ob wir noch eine Chance haben. Aber nein, erinnere ich mich selbst: Du gehörst jetzt zu Bea. Ich schreibe ihr, dass ich das respektiere, aber auch von meiner Wut. Sie antwortet, sie habe mich sehr lieb, glaube aber nicht, dass ich jemals wirklich mit dir zusammen sein wollte. Puh, aha. Hatte ich nicht in ihren Armen geweint? Wie kann sie mich so missverstehen? Aber gut, Verliebte reden sich vieles schön. Trotzdem: »Ich war euer Bauernopfer, und das weißt du«, schreibe ich. Und jetzt? Nach vorne gucken. Was bleibt mit anderes übrig?

Doch dann rufst du mich wieder an. Nachts und betrunken, was sonst. Aber deine Stimme zu hören! Zu wissen, dass du noch an mich denkst! Ich bin so froh, so froh! Setze mich natürlich wieder aufs Rad, als du mich darum bittest. Strample durch die Dunkelheit. *Schnell zu dir, schnell, schnell …*

Ich stehe vor deiner Tür, ein bisschen hilflos, ein bisschen beschämt – *was tue ich hier nur, habe ich denn gar keinen*

Stolz? –, aber in erster Linie rast mein Herz, pocht in meinen Schläfen …

Dann umklammern wir einander, dein Atem wird zu meinem, ich will nicht weg, ich gehöre zu dir, gehöre dir, oder …?

»Was ist mit Bea?«

Keine Antwort, nur ein Kuss.

Okay. Es gibt nur uns. So und nicht anders ist es richtig. Kein Gestern, kein Morgen. Du und ich.

Als ich auf die Toilette muss, folgst du mir ungefragt, es fühlt sich selbstverständlich an, natürlich, wir sind ja eins. Erschreckend selbstverständlich, will ich schreiben, aber das stimmt nicht, da ist kein Schreck, da sind nur du und ich und dein Schwanz, den du aus der Hose holst, während ich auf der Schüssel sitze. Ich öffne die Beine, wir pissen beide, du in die entstehende Lücke und dann auf meine Fotze, die ich nie so genannt habe aufgrund des hässlichen Klangs und deiner Beschimpfungen, ich kann dieses Wort nicht leiden, aber in diesem Moment scheint es das richtige zu sein, es klingt ganz zärtlich und leicht.

Später liegen wir nackt und umschlungen in deinem Bett.

Ein neuer Anfang? Nein. Aber Frieden. Oder? Die nächsten Wochen sind ein einziges Auf und Ab. Ich erfahre, dass du die Beziehung mit Bea beendest. Schöpfe wieder Hoffnung, doch es gibt neue Streits, neue Kontaktabbrüche. Meine Freundin Tabea erzählt mir, du habest sie angerufen: »Mein Schwanz sähe gut aus in deinem Mund«, habest du gelallt. Und mehr. Ich glaube ihr jedes Wort.

Auf einem Open-Air-Kunst-Festival im Juli zeigt das Künstlerkollektiv um Samuel, Goran und dich seine neueste Installation. Gehe ich hin? Jeder rät mir ab, natürlich. Täte ich selbst doch auch. Aber ich rede es mir schön: *Hey, wenn du nicht wärst, dann wäre das keine Frage, soll ich mir von dir mein Leben versauen lassen, meine Lust auf Kunst?* Also bin ich da, laufe über die Wiese zu den einzelnen Stationen, sehe dich von weitem, gehe dir aber aus dem Weg. Albern, affig, künstlich – ja, verdammt. Irgendwann kommst du auf mich zu, wir spielen ein bisschen Leichtigkeit. Ich lobe euer Werk, wir genießen die Sonne, dann lasse ich lapidar fallen, dass ich von deinem Anruf bei Tabea weiß, woraufhin du dich aufregst: »Diese blöde Kuh, warum erzählt sie dir das!« Warum wohl? *Schon mal was von Freundschaft gehört?* Mittlerweile weiß ich: In diesem Moment schämst du dich schlichtweg zu Tode.

Lernen wir daraus? Nein. Wenige Tage später lädst du mich zu dir ein, ich bin nervös, kein nächtlich-dramatischer »Komm sofort«-Anruf, stattdessen eine offizielle Verabredung. Vielleicht ein Neuanfang? Als ich ankomme, eröffnest du mir, dass es noch einen Gast geben wird: Lana, eine Ex-Affäre von dir, ich kenne sie flüchtig. Wenige Minuten später klingelt es. Sie ist genauso verblüfft wie ich. Was soll das? Was hast du vor?

Tja, tatsächlich: uns zu einem Dreier überreden. Nicht dein Ernst, oder? Doch: Wir könnten auch zu zweit anfangen, du ließest uns Badewasser ein und allein, meinst du. Lavendel. Und dann tust das wirklich, gehst ins Bad, drehst den Wasserhahn auf, wir hören es plätschern, du kommst zurück.

»Nein«, sagen wir. Irgendwann gibst du auf, aber massierst Lanas Füße. Dann greifst du nach meinen. Ich ziehe sie weg. Die Situation ist so absurd, dass ich nicht mal sauer sein kann oder verletzt. Stattdessen fühle ich mich überlegen, lache, denke: *du armes, albernes Kind.* Lana ist dir mindestens so verfallen wie ich, aber an diesem Tag ist sie die Schwächere, scheint mir. Lässt sich von dir bezirzen und bleibt, als ich mich nach ein paar Stunden verabschiede. Bleibt über Nacht, nehme ich an. Und ich radle heim und fühle mich stark. Wäre gern an ihrer Stelle, sehne mich nach dir und bin doch stolz, dass ich dir widerstanden habe. Stolz und erleichtert: Da ist noch ein Stückchen Rest-Kontrolle in mir. *Yeah!*

Eine Woche später bin ich erneut bei dir, diesmal allein. Es ist spät abends, wir trinken Wein, du fragst: »Gehen wir spazieren?«

»Okay.«

Kaum draußen greifst du nach meinen Händen, ziehst sie auf meinen Rücken, legst mir Handschellen an. In meine Erregung mischt sich Wut. *Hey, was fällt dir ein, so weit sind wir noch nicht wieder! Glaub bloß nicht, dass du alles machen kannst mit mir!* Das sind meine Gedanken, aber ich lasse dich gewähren.

Du steckst mir den Saum meines weißen Kleides in den Ausschnitt, und weil ich im Sommer keine Slips trage, bedeutet das: entblößter Unterleib. So führst du mich an den Pinakotheken vorbei.

Pah! Denkst du, ich schäme mich? Denkst du, ich habe Angst? Du schockst mich nicht, du nicht! Ich bin stark. Mich kriegst du nicht klein.

Als wir an einer Bank rasten, gehe ich süß lächelnd vor dir auf die Knie. Ob ich einen Schluck Wein haben könnte?

»Na klar.« Du gießt ihn in meinen Mund.

Ich lächle weiter, dann spucke ich ihn dir mit Kraft ins Gesicht und genieße die Verblüffung in deinem Blick. Stehe auf und renne davon zum Brunnen.

Dein Spiel.

Meine Regeln.

Du fesselst mir nicht meine Freiheit weg! Denk nicht mal dran!

Ich wate durchs Wasser. Blicke grinsend zu dir, der du am Brunnenrand stehst. Dann rutsche ich aus und falle – mit den Händen auf dem Rücken, da merkst du mal erst, wofür die so gut sein können. Mein Kinn schlägt ungebremst auf, blutet *(erklär' das mal morgen in der Redaktion!)*. Du bist erschrocken, eilst zu mir, befreist mich von den Fesseln. Ich ziehe mich aus, bade im Brunnen.

Dann müssen wir lachen. Erleichtert, verliebt, irre, was auch immer.

Von weitem nähert sich ein Mann. Ich wickle mein nasses Kleid um den Körper, wir gehen wieder zu dir.

Machtkampf?

Kinderspiel?

Egal: unentschieden. Und irgendwo wieder der Hauch eines »Wir«.

Ich erinnere mich nicht, in welchen Klamotten ich am nächsten Tag in die Redaktion fahre, in welchen von dir oder vielleicht meinen Sportsachen, die ich noch dabei habe vom Tag? Ich glaube, zu diesem Zeitpunkt lagert noch keine Ersatzkleidung von mir bei dir. Oder? Was ich aber weiß ist, dass ich das nasse Kleid bei dir lasse, denn einige Tage später rufst du mich an und fragst, ob ich es nicht holen wolle. Doch ich bin schon verabredet an diesem Abend.

Allerdings liegt deine Wohnung auf meinem Heimweg, und so schreibe ich dir gegen Mitternacht, ich kenne dich ja, ob du noch eine andere Lady erreicht habest, mit der du die Nacht verbringst oder ob ich noch vorbeikommen könne.

»Das Kleid kannst du schon holen«, antwortest du.

Also klingele ich wenig später an deiner Tür, du öffnest mir splitternackt und grinsend, drückst mir den weißen Stoff in die Hand und verabschiedest mich wieder. Du hast also tatsächlich Besuch. (Oder tust nur so, um mich zu ärgern, im Nachhinein zweifle ich manchmal an allem, was war.) Ich gebe mich lässig, bedanke mich, wünsche dir noch viel Spaß und radle heim.

Kurz darauf eine Verabredung mit Lana. Wir sitzen auf einer Decke an der Isar und reden über dich. Es gibt einige Parallelen und doch wieder nicht. Als sie sagt: »Na ja, du hast dir eben mehr von ihm erhofft, als er dir geben wollte, nicht wahr?«, schüttle ich den Kopf: »So war es nicht.«

Überraschung in ihrer Stimme: »Nein?«

»Nein, ich wollte anfangs eine lockere Affäre. Er war es, der irgendwann sagte: ›Ich liebe dich.‹ Da bin ich erschrocken. Aber so ging es los.«

Nun wirkt sie verblüfft, enttäuscht. Vermutlich hat sie sich eine Leidensgenossin gewünscht und fühlt nun stattdessen einen Schlag im Gesicht: »Oh. Mir hat er das nie gesagt.«

Sie tut mir leid. Trotzdem: Wie es jubelt in mir! So sehr sich der Beginn unserer Affären ähnelte, deine Blicke und Sprüche, die Fesseln beim ersten Mal, all das, so sehr scheint Lana und mich etwas zu unterscheiden. »Ich liebe dich« sagst du offenbar nicht zu jeder. Aber zu mir. Mir!

Zwei Wochen später erscheint zum ersten Mal das von unserer Redaktion neu entwickelte Magazin, ich feiere mit dem Team, als du anrufst und fragst, wo ich sei. Als ich es dir sage und meine, du könntest gerne vorbeikommen, sagst du zu. Ich freue mich, weil ich das als Zeichen interpretiere, dass du zu mir stehen möchtest und nach solchen Zeichen werde ich in den nächsten Jahren immer wieder gieren. Häppchenweise bekomme ich sie von dir serviert, dann stürze ich mich wie eine Verhungerte drauf und hoffe, dass sie mich eine Weile satt halten. Wer weiß, wann es die nächsten gibt. Noch sind wir zwar am Anfang unserer Geschichte, aber die Basis für unser erschöpfendes Komm-her-geh-weg-Spielchen ist längst gelegt.

Zunächst ist es ein netter Abend. Doch zu später Stunde holst du aus heiterem Himmel in der vollbesetzten Kneipe deinen Schwanz aus der Hose, was meine Kolleg*innen zum Glück gelassen hinnehmen, mich allerdings veranlasst, mit dir aufzubrechen: »Ok, ich glaube, wir gehen dann mal …«

Friedlich schwankst du mit mir nach draußen, vielleicht war es ja deine Intention, dass wir gehen, ich habe keine Ahnung. Doch dann geschieht etwas Interessantes: Vielleicht hundert Meter von der Kneipe entfernt liegt ein Mann auf dem Boden, quer über dem Bürgersteig, betrunken offenbar, vielleicht auch anders vollgepumpt, die Leute gehen an ihm vorbei.

»Wir müssen was tun«, sage ich zu dir, und so sprechen wir den Mann an, der sich daraufhin wie auf Knopfdruck aufsetzt und zu schreien beginnt. Worum es ginge in der Welt? Geld? Er habe Geld, ruft er. Greift in seine Taschen und hält uns Scheine entgegen. Hier, die könnten wir alle haben. Auch sein Hemd, er beginnt sich auszuziehen, oder seinen Laptop, *Scheiße, der ist nicht mehr da*, aber alles könnten wir haben, und dann beginnt er, nach seiner Mutter zu schreien, erzählt uns, dass sie kürzlich gestorben sei, dass er niemanden mehr habe auf der Welt …

Irgendetwas passiert mit dir. Plötzlich scheinst du wieder völlig klar im Kopf. Du hilfst dem Mann auf mit einer Mischung aus Zärtlichkeit und Strenge, mal herrschst du ihn an, mal nimmst du ihn in den Arm, es scheint in jedem Moment das Richtige zu sein, denn er lässt sich von dir führen. Wir bestellen ein Taxi und setzen uns zu dritt hinein, der Mann verrät uns seine Adresse, wir fahren hin, ich warte im Auto, während du ihn in seine Wohnung bringst. Dann geht es auch für uns nach Hause. Zu dir. Es ist Ende Juli.

Wie es weitergeht? Ach Gott. Erst mal Liebe und Trennungen, Sex und Tränen bis in den September hinein. In einer unserer »Das hat keinen Sinn mit uns«-Phasen fährst du für drei Wochen mit Samuel und Goran in dessen Heimatland. Und ich atme durch.

Kapitel 13: GRENZLINIEN

Ich atme durch, genieße es, durch die Stadt zu radeln ohne Angst, dir zu begegnen, und dennoch vermisse ich dich jeden Tag. Versuche weiter zu verstehen, was passiert ist und habe in Gesprächen mit Freund*innen kaum ein anderes Thema als dich. Eine dieser Diskussionen verändert viel. Im Nachhinein werde ich oft sagen: »Sie hat mich gerettet«, doch vielleicht ist auch das Gegenteil der Fall. Denn ab diesem Zeitpunkt beginne ich, Unbegreifliches zumindest im Ansatz zu verstehen, ich sehe dich in einem anderen Licht und halte ab sofort deine Überschreitungen meiner Grenzen vermeintlich viel besser aus. Was bedeutet: Ich bleibe. Bleibe viel länger als mir guttut, aus dem irren Glauben heraus, den Durchblick zu haben und darum stark genug zu sein für alles.

Mit Scharsad aus der Bonbina sitze ich also in einer Kneipe, erzähle von uns, als eine ebenfalls anwesende Freundin von ihr vermutet: »Das klingt nach Borderline.« Sie beschreibt ein paar Symptome, und ich denke nur: *ja*. Es wird spät an dem Abend, ich radle heim, fahre dort meinen Rechner hoch, durchforste das Netz und bleibe wach bis in den Morgen hinein. Kann nicht aufhören zu weinen vor Erleichterung und aus Angst, denn was ich in den Artikeln und Foren zum Thema lese, lässt sich folgendermaßen zusammenfassen:

Ich bin nicht paranoid.

Und:

Diese Liebe kann mich kaputtmachen. Wird es! Mit großer Wahrscheinlichkeit sogar.

Außerdem:

Du leidest wie verrückt, viel mehr noch wahrscheinlich als ich.

Nur wenige Funken Hoffnung: »Einfach wird es nie, aber …« »Es kann gelingen, wenn …«

Was täte ein gesunder Mensch nun? Tja. Als wäre das in diesem Moment die Frage. Nächster Versuch: Was täte ein verliebter? Natürlich entscheide ich mich zu kämpfen. Auf ins Gefecht! Hey: Es geht doch um uns beide! Zusammen sind wir stark! Löwenherzen! Feuerkinder! Wahnsinnige! Alles! Wie war das? »Es gibt keinen Weg in den Himmel für uns, nur darüber hinaus, das durchaus …« *Lass uns fliegen und sämtliche Atmosphären vergessen machen! Wir haben die Kraft dazu: Liebe!*

Doch zunächst zurück auf den Boden, zunächst zu den Fakten. Borderline ist schwer zu fassen, und doch wiederholen sich Muster, lese ich. So heißt es etwa, wenn mindestens fünf der folgenden Kriterien zutreffen, ist die Wahrscheinlichkeit einer Borderline-Störung sehr hoch. Ich lese sie wieder und wieder durch, gleiche sie mit meinen, mit unseren Erfahrungen ab:

1) *Starkes Bemühen, tatsächliches oder befürchtetes Verlassenwerden zu vermeiden.*
   Dein Klammern. »Bleib bei mir, bitte geh nicht!« Check!

2) *Instabile, oft kurze Beziehungen, die geprägt sind von einem steten Wechsel zwischen extremer Idealisierung und Abwertung des Gegenübers.*
   Aber hallo!

3) *Ausgeprägte Instabilität des Selbstbildes oder der Selbstwahrnehmung.*
Der grausame Macho. Das zitternde Kind, das um Liebe bettelt. Oh ja.

4) *Impulsivität in mindestens zwei potenziell selbstschädigenden Bereichen (z. B. Geldausgeben, Substanzmissbrauch, Sexualität, rücksichtsloses, riskantes Fahren, Essstörungen).*
Alkohol. Ich trinke selbst zu viel, aber du toppst mich noch, bist mir meist einige Gläser voraus. Dann deine Performances: Schlinge um den Hals, Schnittverletzungen, Kopf unter Wasser. Deine Promiskuität. Soll ich weitermachen? Ja, verdammt, das bist du!

5) *Wiederholte Selbstmordversuche. Suizidandrohungen oder -andeutungen, Selbstverletzungsverhalten.*
Siehe den folgenden Gedankensplitter: yep!

6) *Affektive Instabilität infolge einer ausgeprägten Stimmungs-Reaktivität (z.B. Ängste, ausgeprägte Dysphorie, starke Reizbarkeit, gewöhnlich über mehrere Stunden hinweg, seltener auch über Tage).*
Was soll ich sagen? Durchaus!

7) *Chronische Gefühle von Leere und Langeweile.*
Habe ich in diesem Buch bislang vernachlässigt. Aber wir beide wissen: trifft zu.

8) *Unangemessene, extreme Wutausbrüche bzw. Schwierigkeiten, Wut und Ärger zu kontrollieren (z. B. plötzliche heftige Streits oder auch körperliche Auseinandersetzungen).*
Wir sind uns einig, oder? Klar.

9) *Vorübergehende, durch Belastungen ausgelöste paranoide Vorstellungen oder schwere, dissoziative Symptome.*
   Hm. Betrifft das diese oder jene Situation? Möglich.

Den Verlauf mancher Abende erinnern wir komplett unterschiedlich. Ich denke etwa an diesen Tag, wir waren auf einer Demonstration, *München ist bunt*, 20.000 Menschen um uns herum. Danach trinken wir in einer Kneipe zwei Bier, nicht viel für unsere Verhältnisse. Auf dem Heimweg fragst du mich: »Was haben wir heute gemacht?«

»Die Demo, weißt du nicht mehr?«

»Ach … stimmt.«

Ist das schon Dissoziation? Ich bin nicht sicher.

Achteinhalb Punkte von neun.

So weine ich mich durch die Nacht und freue mich doch über den Strohhalm, den ich da gefunden habe. Bestelle mir am nächsten Tag die ersten drei Bücher von etwa fünfzehn, die ich im Laufe der nächsten Monate zum Thema lesen werde. Einige klingen schon im Titel nach uns: »Ich hasse dich, verlass mich nicht«, »Wie der Falter in das Licht«, »Schluss mit dem Eiertanz«.

Während deines Urlaubs rufst du mich zweimal betrunken an. Im Hintergrund höre ich Samuel und Goran schimpfen: »Leg auf, du Idiot!« Besonders Samuel kann mich zu diesem Zeitpunkt nicht leiden, ich spüre das, bin mir nicht sicher, wieso, ahne es aber: wegen meiner emotionalen und anklagenden Facebook-Posts. Des Einflusses, den ich auf dich habe. Und wegen meines Romans, den er für eine armselige Schnulze hält, ohne ihn gelesen zu haben. Oder hat er? Wie auch immer: Die hysterische, alte Schundbuchautorin macht aus seinem Freund einen Jammerlappen.

Borderline also. Das nächste Grenzgebiet beschreiten wir kurz nach deiner Rückkehr und bleiben einige Monate dort. Am sehr frühen Samstagmorgen klingelst du mich aus dem Bett, schwer atmend: »Kannst du bitte kommen?«

»Was ist los?«

»Weiß nicht. Ich bekomme keine Luft.«

»Scheiße. Soll ich den Notarzt rufen?«

»Nein. Ich kenne das schon. Alles gut. Aber bitte komm. Ich kann jetzt nicht allein sein.«

So schnell ich es schaffe, ziehe ich mich an, schwinge mich aufs Rad, trete in die Pedale. Das hier ist neu. Was passiert gerade? Ich habe Angst, dreimal rufst du mich an während der halbstündigen Fahrt: »Bist du bald da? Bitte!«

»Ein paar Minuten noch. Halt durch! Ich beeile mich!« Schneller, schneller …

Fuck!

Du zitterst am ganzen Körper, deine Hände, deine Beine, alles ist außer Kontrolle, alles bebt. Ich umarme dich und spüre dein rasendes Herz. Die Rollläden sind heruntergezogen und bleiben es den ganzen Tag. Du erträgst das Licht nicht. Erträgst fast nichts, aber immerhin mich, die ich mit dir im Bett liege, dich in den Armen wiege wie ein kleines Kind, bis sich dein Atem wieder beruhigt. Über die nächsten Stunden folgen weitere Panikattacken, mal hast du Angst zu sterben, mal wünschst du dir den Tod.

»Ich kann nicht mehr!«, sagst du. Und einmal schluchzend: »Ich will doch nur ein ganz normaler Junge sein!«

Wie ich dich liebe! Weine ich mit dir? Ich glaube nicht, obwohl ich die geborene Heulsuse bin. Nur jetzt, da ich es aufschreibe, fließen die Tränen aus mir heraus. Damals versuche ich, stark zu sein.

Diesem Tag und der Nacht darauf folgen in den kommenden Monaten viele weitere solcher Art, es ist eine Zeit voller Dunkelheit, auch im direkten Wortsinn, wegen der heruntergelassenen Rollläden. Nach der Arbeit fahre ich meistens zu dir, halte deinen zitternden Körper, lasse mich manchmal auch wegstoßen, je nachdem, was dir gerade mehr hilft, höre, wie du leidest: »Das Meer wird sich nicht teilen!« Du warst mal religiös, erfahre ich. Das ist eine ganze Weile her, nun bist du beinahe das Gegenteil, schimpfst auf Religionen und Gläubige und suchst doch in jedem deiner Theaterstücke und jeder deiner Performances Gott. Da ist eine Lücke, die es zu schließen gilt, aber nichts von dem, was du findest, befriedigt dich wirklich, kein Sex, kein Blut, kein Schmerz, kein Ruhm, und so wächst nur deine Verzweiflung, so verstärkt sich deine Wut oder dein Zittern, das du manchmal mit Wodka in den Griff bekommst und manchmal mit dem nächstbesten Fick, nur um dich danach wieder vor dir selbst zu ekeln. Ein Teufelskreis. Und ich stecke irgendwie mit drin. Mitgehangen, mitgefangen, wie man so schön sagt.

Zehn Tage lang bin ich während dieser Zeit weg, gleich in der Anfangszeit, der Mallorca-Urlaub war davor schon gebucht. Dein erster Anruf kommt bereits in der Nacht, als ich gerade zum Flughafen fahre. Es bleibt nicht dabei. Beinahe jeden Abend klingelt mein Handy und ich rede dich in den Schlaf.

Tagsüber liege ich am Strand und lese »Ich hasse dich, verlass mich nicht«, eines der Borderline-Bücher, die ich mir bestellt habe. Langsam glaube ich, dich besser zu verstehen. Deine Verzweiflung.

Es zerreißt mir das Herz, wenn ich in unseren Gesprächen merke, wie du ein schlechtes Gewissen bekommst. Mir nicht den Urlaub verderben möchtest und dich beim Sprechen um Lockerheit bemühst. Tief und wohl für immer in meine Seele gebrannt hat sich dein Tonfall, als du mich einmal fragst: »Wann kommst du wieder?« Da ist so eine künstliche Beiläufigkeit, ich höre förmlich die Anstrengung, mit der du versuchst, mich das leichthin zu fragen, *hey, ich hab's bloß vergessen, sag doch noch mal*, aber da ist dieses Vibrieren in deiner Stimme, das mir deine Angst vor der Antwort verrät, deine Sorge, es könnte noch zu lange dauern, deine Sehnsucht: *Bitte komm bald, ich halte das nicht aus ohne dich.*

An dem Mittag, an dem mein Flieger wieder in München landet, fahre ich vom Flughafen direkt zu dir.

Ich kann nicht leugnen, dass ich dieser Zeit auch etwas abgewinnen kann. Dass du mich so brauchst, tut mir gut. Ich fühle mich geliebt und geachtet, du nimmst mich wahr und beschimpfst mich nicht mehr. Im Gegenteil, ich bin die Größte: »Mein Engel, mein Schatz, was wäre ich ohne dich?«

Ich bin etwas wert. Dir etwas wert. Tatsächlich! Wer hätte das gedacht?

Nur manchmal breche ich kurz zusammen. Weine und schreie in der Redaktion, als mich eine Kollegin zur Weißglut treibt. Normalerweise halte ich so etwas aus, stehe darüber und bleibe souverän. Diesmal nicht. Zum Glück steht Anne, eine andere Kollegin, mir bei.

Auch mein Körper macht manchmal schlapp, hin und wieder wird mir schwarz vor Augen, das versuche ich, vor dir zu verbergen.

Der Schlafmangel, der Alkohol, mit dem wir unsere Anspannung betäuben, dann die ständige Angst um dich – wann immer ich nicht bei dir sein kann, fürchte ich, dass du stirbst. Denn wenn du in dieser Zeit deine Wohnung verlässt, was sich nicht immer vermeiden lässt, dann rennst du manchmal blindlings auf die Straße mit den fahrenden Autos oder donnerst deinen Kopf mehrmals mit Wucht gegen eine Hauswand, und ich reiße dich zurück, aber was tust du, wenn ich nicht dabei bin, wer hält dich dann? Bei jedem Telefonklingeln denke ich, es ist Samuel, der mir sagt: »Luis ist tot.«

Warum Samuel? Keine Ahnung. Das Gehirn dirigiert sich manchmal selbst.

»Du hast mir das Leben gerettet. Weißt du noch, wie du mich einen ganzen Winter lang gehalten hast?«, wirst du diese Zeit später einmal zusammenfassen.

Ja. Ich weiß noch.

Im Dezember soll ein Theaterstück von dir in der Bonbina Premiere haben, eine Kneipentragödie, die Ende des 19. Jahrhunderts spielt und lose auf einem Drama von Else Lasker-Schüler basiert. Anfang November sollen die Proben beginnen, Mitte Oktober hast du erst wenige Zeilen geschrieben. Zitterst vor Angst, es nicht rechtzeitig zu schaffen. Zu versagen und dabei ertappt zu werden. Also? »Ich helfe dir«, verspreche ich.

Und so finden wir ein wenig Halt in der Schreiberei. Du diktierst, ich tippe, lenke manchmal deine Gedanken in Bahnen, mache Vorschläge, bei manchen Passagen lässt du mir freie Hand. Wir sind wieder ein Team. Das Stück wird pünktlich zur ersten Leseprobe fertig. Ich übernehme die Regieassistenz. Neun Schauspieler*innen unter einen Hut zu bringen, ist nicht ganz einfach, zumal einer von ihnen ein Kokainproblem hat und der andere seine Rolle nicht mag. Sechs kräftezehrende Wochen stehen uns bevor. Du funktionierst während der Proben und zitterst dich in meinen Armen durch die Nächte.

So kommt es, dass wir meist gemeinsam in der Bonbina auftauchen, ich bin ja fast immer bei dir. Irgendwann sagst du: »Wir müssen auch mal getrennt kommen, die halten uns sonst alle für ein Pärchen, ich will das nicht.«

Noch ignoriere ich den Stich, so gut es geht. »Wir doch eh meistens die Ersten, da sieht niemand, ob wir gemeinsam ankommen. Aber von mir aus drehe ich vor der nächsten Probe noch eine Runde um den Block und komme später.«

»Nein, Quatsch, schon gut.«

Also bleibt es dabei. Und ja, vermutlich hält man uns manchmal für ein Pärchen.

Später mehr dazu.

Zur gleichen Zeit beginne ich, eine Selbsthilfegruppe für Borderline-Angehörige zu besuchen. Bei der ersten Vorstellungsrunde muss ich weinen, fange mich aber schnell. Es tut gut, die Geschichten der anderen zu hören, einige sind deutlich heftiger als unsere, aber die Muster gleichen einander. Ich bin nicht allein!

Wie oft habe ich in den letzten Monaten im Bekanntenkreis gehört, ich solle doch »weg von dem Psycho« und: »Der tut dir nicht gut.« Je länger die Sache mit uns dauert, desto mehr schwindet das Verständnis in meinem Umfeld, und ich kann es niemandem verübeln. Nein, du tust mir nicht gut. Und doch schreit alles in mir nach dir.

In der Gruppe muss ich das nicht erklären, weil es allen ähnlich geht. Manche haben es noch schwerer als ich, weil die Betroffenen ihre Kinder sind. Oder weil sie Kinder waren, als sie im Elternhaus mit Borderline konfrontiert wurden. Ich dagegen, ich könnte ja jederzeit gehen. Aber ich kann eben nicht.

Warum?

GEDANKENSPLITTER:
Zur Selbstzerstörung gehören nicht zwingend Schnitte. Nur ein einziges Mal komme ich dazu, als du mit blutig geritzten Unterarmen auf deinem Bett sitzt und mich anblickst, als seist du beinahe erleichtert, dass ich es sehe. Wir bleiben beide seltsam ruhig, dann versorgst du selbst deine Wunden. Da ist kein Schock. Ich bin nur so leer, leer, leer.

Keine Ahnung, wie oft du es tust, ich vermute aber, dein Weg ist meistens ein anderer, trotz der ganzen sichtbaren Narben. Die kommen auch mal von deinen Performances. Selbstverletzung als Kunst, ein Ventil, das dich vermutlich ein ums andere Mal rettet, das aber auch die Problematik verschleiert. Du sehnst dich nach einem Gott, an den du nicht mehr glaubst, und meinst, ihn im Schmerz zu finden. Ja, dieser Pathos gehört da hin, so tickst du. Alles muss gewaltig sein bei dir, übermächtig und groß. Menschen. Liebe. Kunst. Weil das nicht immer gelingen kann, verzweifelst du.

Wenn du dir auf der Bühne Schmerzen zufügst, wenden sich manche im Publikum ab, können nicht ertragen, was sie da sehen. Mich dagegen beruhigt es. Vielleicht, weil ich ahne, dass es dir ähnlich geht, dass deine Anspannung nachlässt, obwohl der Schmerz real ist und auch das Blut. Aber du behältst die Kontrolle. Die Kontrolle über die Traurigkeit, wenigstens das. Wenn mich jemand anspricht auf meine vermeintliche Abgebrühtheit, liegt mir auf der Zunge:

»Ich habe den Jungen schon schlimmer leiden sehen.« Und manchmal sage ich das auch. Gott, ja: Ich verrate dich. Ja: Ich rede über uns. Ja: Ich bin vielleicht zu offen. Aber anders ertrage ich das alles nicht.

Die wohl unglücklichste und zugleich schlimmste Form der Selbstverletzung ist eine indirekte, nämlich das, was du mit mir machst und den Menschen, die dich mögen oder lieben. Wobei Männer die größere Chance haben, heil aus der Sache herauszukommen, denn sie haben dich in der Vergangenheit weniger verletzt. Mit Frauen kommst du nicht klar. Es dauert eine Weile, bis ich die Zusammenhänge begreife, und tatsächlich hilft dieses Wissen, aber in mir brennt es natürlich doch, und diese Wunden werde ich nicht mehr los. Du tust uns so lange weh, bis wir nicht mehr anders können, als uns von dir abzuwenden – und damit genau das machen, was du am meisten fürchtest, was dich am meisten schmerzt. Wer dich liebt, ist dir tief in deinem Inneren suspekt. Denn: Wie kann man nur! Mit uns muss ja etwas nicht stimmen. Wir sind nicht richtig im Kopf. Solange wir stark sind, begehrst du uns. Gleichzeitig schüchtern wir dich ein. Du versuchst, uns klein zu machen, und wenn es dir gelungen ist, wenn wir glauben, dass wir nichts wert sind, dann verachtest du uns für unsere Schwäche, die auch deine eigene ist.

Hältst du dich irgendwann auch mal für einfach okay? Ich glaube nicht. Oder selten. Der Größte oder ein Niemand, das bist du. Nichts dazwischen. Und wir? Na, was wohl. Göttinnen oder Psycho-Fotzen. Oft beides, im fliegenden Wechsel. Und – wenn wir dir glauben – irgendwann leere Hüllen. So geschieht es mit mir.

Kapitel 14: DIE ANDEREN

Ich will für dich da sein in dieser dunklen Zeit. Das ist das vorherrschende Gefühl, es gibt mir erstaunliche Kraft. Doch hin und wieder lässt es mich im Stich, hin und wieder gelingt es mir nicht und ich fliehe. Zum Beispiel in dieser Nacht:

»Glaubst du, ich wäre ein guter Vater?«, fragst du mich.

Wieder einmal hast du mich betrunken zu dir bestellt, wieder einmal bin ich gekommen, wieder einmal habe ich mit dir weiter getrunken.

»Teils, teils«, antworte ich. »Du könntest Liebe geben, aber keine Struktur.«

Dann das:

»Vielleicht bin ich's ja schon.«

Vielleicht bist du's ja schon? Vater? Gedanken-Stakkato. *Was heißt das?* Ich stelle mir ein sechsjähriges Kind vor, Produkt einer Jugendliebe, einer Zeit vor mir, plötzlich merke ich, wie wenig ich über dich weiß.

Aber nein: »Mascha ist schwanger.« Ich kenne sie flüchtig, weiß von eurer ehemaligen Liaison und dass sie sich schließlich für einen anderen entschieden hat. Nun also das.

Okay. Wow. Okay … »Von dir?«

Du nickst. »Sieht so aus.«

Scheiße. Okay. Meine Finger zittern. *Was tun? Ich weiß es nicht, weiß es nicht, weiß es nicht …* Frage: »Wie weit?«

»Vierter Monat.«

»Möchte sie mit dir zusammen sein?«

»Nein.« Nach einer kleinen Pause: »Ich bring' dich um, wenn du jemandem davon erzählst.«

Okay … Okay. Natürlich würdest du mich nicht wirklich umbringen, das ist mir klar. Trotzdem: klare Ansage!

Goran wisse als einziger ebenfalls Bescheid, sagst du.

Ob ich dann … eventuell … nur, für den Fall, dass ich es mal nicht aushalte … Ich bin so durcheinander … Ob ich dann zumindest mit ihm mal darüber reden dürfe?

»Auf gar keinen Fall! «

»Aber er weiß es doch eh, sagst du.«

»Wenn ihr darüber sprecht, ist es in der Welt. Dann macht es die Runde. Du zerstörst eine Familie, wenn du was sagst.«

Mascha ist in einer Beziehung.

Ich zerstöre eine Familie, wenn ich was sage. Ich zerstöre … Ich bin schuld … Ich …

Ich brauche eine Pause. Luft. Luft! Schnappe mir die angefangene Flasche Wein und den Schlüssel, stehe auf.

»Ich gehe eine Runde um den Block, das muss ich sacken lassen.«

Draußen nieselt es. *Wie in einem Film,* denke ich, als ich mir die Flasche Wein an die Lippen setze und einen tiefen Schluck nehme. Ich kenne Mascha nur flüchtig, weiß, dass du sehr an ihr hängst. Dass es nicht funktioniert hat mit euch, wie es überhaupt nie funktioniert hat mit dir und den Frauen, nie mit einer für länger, obwohl du dich sehr danach sehnst. Dass Mascha und du wieder Kontakt hattet, war mir bis eben nicht bewusst. Eure Geschichte ist lange vorbei. Tja. Oder eben nicht. *Wann hast du mit ihr geschlafen? Wie oft? Egal. Also ein Kind. Warum sie und nicht ich? Warum verhüte ich immer? Warum? Es ist, wie es ist. Das Kind wird existieren. Es kann nichts dafür. Welche Wahl habe ich?* Noch einen Schluck Wein.

Wie wird es aussehen? Wie du? Mit diesen Wimpern? Diesem traurigen Blick? Diesem Mund? Es wird hübsch sein, da bin ich mir sicher. Ich stelle mir sein Gesichtchen vor, die kleinen Finger und Füße. Dich mit Baby im Arm. Dich als Vater. Denke nach einer Weile: *Ich liebe dich. Ich liebe dich sehr. Also wird es mir auch gelingen, dieses Kind zu lieben.*

Mit diesem Gedanken kehre ich zu dir zurück.

Und dann?

Schläfst du. Bist nicht wach zu bekommen. Schnarchst.

Ich sitze auf deinem Bett. Fühle mich allein. Möchte mit dir reden. Schüttle dich. Brülle dich an. Schlage dir leicht auf die Wange, ziehe an deinen Ohren.

Nichts zu machen.

Mich neben dich zu legen und einzuschlafen schaffe ich nicht. Ich muss hier weg, ich halte das gerade nicht aus. Also fahre ich heim.

Am nächsten Morgen dein panischer Anruf: »Wo bist du? Warum bist du gegangen?

Ich weiß, wie sehr du dich davor fürchtest, allein aufzuwachen, wenn du dich beim Einschlafen noch in Gesellschaft glaubtest. Verlassen werden, deine große Angst. Hätte ich bleiben sollen? Vielleicht.

»Komm doch zurück«, bittest du.

Ich kann nicht. Kann einfach nicht. Aber: »Komm du.«

Und eine halbe Stunde später stehst du tatsächlich vor meiner Tür, zerknirscht, aufgelöst, wir reden nicht viel, bleiben beinahe stumm, aber ich lese in deinen Augen, wie sehr du dich nach einer Umarmung sehnst, wie sehr du enttäuscht bist, dass ich dafür noch nicht bereit bin, dich nur hereinlasse, um … ja, was? Absurderweise beginne ich irgendwann, einen Kürbis-Gnocchi-Teig zuzubereiten und zu kneten, nur um irgendetwas zu tun, das meine Hände, meinen Körper beschäftigt, meinen Körper, der nach dir verlangt, aber doch noch gefangen ist in etwas, das vielleicht sogar Wut wäre, wenn ich mir dieses Gefühl nur erlaubte. Aber so? Roboterarme. Verirrtes Herz. Nebelgedanken. Wo bin ich? Später essen wir wortlos, doch bevor es Abend wird, haben wir einander doch umarmt. Umklammert. Ja, eher das.

Einige Tage später dein nächtlicher Anruf: »Als ich dir von dem Baby erzählt habe, hätte ich deinen Trost gebraucht. Aber da hast du ja versagt.«

Später entschuldigst du dich für diesen Satz, das muss ich fairerweise sagen. Und doch, es bleibt in mir: *Ich Versagerin!*

Mascha hat das Kind verloren.

Manchmal, aber das ist ein sehr neuer Gedanke, überlege ich, ob du mich mit der Geschichte nur testen wolltest. Ob es vielleicht gar keine Schwangerschaft gab.

Wenn ich in späteren Jahren unsere »schwierige« Liebe erwähne, kommt häufig die Frage: »Was war denn, hat er dich betrogen?«

Ach Gott, denke ich dann und lache kurz auf, ein bisschen bitter, ein bisschen belustigt. Wenn es nur das gewesen wäre. Nein, betrogen hast du mich nicht. Ich wusste ja von all den anderen Frauen, nicht nur von Mascha, habe dich oft genug flirten und knutschen sehen, auch mal mehr. Auch vor meinen Freundinnen machtest du nicht Halt, zwei von ihnen ließen sich zumindest zu einer wilden Knutscherei hinreißen.

Verletzt mich all das? Nicht mal so sehr. Manchmal ödet es mich an. Manchmal bin ich amüsiert. Manchmal stößt es mich ab.

Dein Zimmer ist voll mit kleinen und größeren Spuren der anderen. Kosmetik, Kleidungsstücke, Haare. Vielleicht denkst du, ich merke es nicht, oder es ist dir egal. Vielleicht merkst du es auch selbst nicht.

Dann gibt es solche Situationen: Ich greife zu einer selbstgebrannten CD in deinem Zimmer, du sagst: »Die hat mir mal so ein Mädchen geschenkt.«

»Ja«, antworte ich, »das Mädchen war ich.«

Und wir kichern zusammen die Peinlichkeit weg.

»Die Frauen waren nicht so sehr das Problem«, erkläre ich in jenen späteren Gesprächen. »Nur manchmal, wenn ich ihretwegen zum stummen Publikum degradiert wurde. Oder nicht mehr da war für ihn.«

Denn das kommt vor. Momente, in denen all deine Aufmerksamkeit diesem oder jenem schönen Gesicht gilt und du zu vergessen scheinst, dass ich mich ebenfalls im Raum befinde, dass wir eben noch miteinander gelacht haben, dass du mir kurz zuvor deine Liebe geschworen oder aber in meinen Armen gelegen hast, geschüttelt von einer Panik, die ihresgleichen sucht. Dass ich da war. Da bin. Alles ausgeblendet und deine Hände auf fremden Brüsten. Immer mal wieder, bisweilen ein paar Monate lang nicht, dann wieder mehrere Abende hintereinander, mit wechselnden Frauen und ein paar wiederkehrenden.

Manchmal tue ich in solchen Momenten so, als sähe ich dich ebenfalls nicht, aber das lasse ich irgendwann. Allein schon, weil ich nicht will, dass die anderen mich für völlig blind halten. *Hey Leute, ich weiß, was ich tue, es ist schon okay.*

Ach Gott.

Weiß ich es?

Ich gucke also hin.

Der interessanter Aspekt des Ganzen ist, dass ich irgendwann Muster erkenne, was dir ein wenig den Zauber nimmt. Das nützt zwar nur so viel wie ein Vitamin-C-Bonbon bei einer Erkältung, aber immerhin. Und manchmal können wir sogar zusammen lachen darüber:

»Da hast du wieder deine Show abgezogen«, ziehe ich dich dann auf und ahme dich nach, doziere dramatisch: »Wir brauchen ein Theater, das sich auf das Material besinnt, das es nutzt, statt zu analysieren, zu psychologisieren – und anschließend unvermittelt: Du hast schöne Augen. Bla, bla, bla.«

Wenn du gut drauf bist, boxt du mich dann in die Seite und grinst: »Blöde Kuh.«

So laufen sie oft, deine Eroberungen: Du inszenierst dich als Künstler (der du ohne Frage bist), hältst einen kleinen, klugen Monolog, lässt die Frau etwas zum Thema beitragen, gibst ihr recht – »Da sagst du ja was ganz Richtiges!« ist dein Spruch –, dabei rückst du ein bisschen näher, und dann machst du ihr eines dieser banalen Komplimente, die fast alle gerne hören. Augen kommen immer gut, die umfassen die Optik und vermeintlich die Seele, da fühlt man sich rundum gemeint. Oft hast du Erfolg.

Es gibt auch eine Meta-Ebene, zumindest glaube ich das mittlerweile. Ein Beispiel: Im Lenbachhaus bleibst du vor einem kleinen Bild stehen, wenn ich mich recht erinnere, heißt es »Die Nichte der Künstlerin«, aber das ist nicht entscheidend. Wichtig ist, dass es inmitten dieser Ansammlung großer Werke ein eher unscheinbares Bild ist, zart und unschuldig, ein Kontrapunkt zu deiner Macker-Ausstrahlung, du weißt schon, was ich meine.

»Das ist mein Lieblingsbild hier«, sagst du leise, als verrietest du mir ein Geheimnis. Natürlich funktioniert dieser Coup. Genauso, wie am Neujahrstag »Bridget Jones 2« funktioniert hat, weißt du noch?

Er ist ja doch ganz weich.

Zumindest bei mir.

Ja, bei mir.

Der wilde Panther frisst mir aus der Hand.

Später verrätst du mir, dass du immer wieder Mädchen vor dieses Bild geführt und sie nach Einbruch der Dunkelheit draußen im Brunnen gefickt hast oder auch auf der Wiese vor dem Museum, wo wir es ebenfalls schon getan haben, ich erinnere mich an eine Nacht voller Sterne und Glück.

Doch erneut fühle ich mich auserwählt, da ich ja nun eingeweiht bin in diesen Gemälde-Trick, dabei ist das vielleicht gerade das Raffinierte: Du machst mich vermeintlich zur Komplizin und so wiege ich mich in Sicherheit, dabei wissen die anderen vielleicht auch längst um deine Kniffe und halten sich für wissender und wichtiger als sie sind. Oder auch nicht. Vielleicht war ich in diesem Fall wirklich die Einzige. Oder wir waren alle wirklich wichtig für dich. Was ist schon wirklich. Was bedeutet wichtig. Was weiß ich schon. Nichts. Nichts!

Nur in einem Punkt bin ich mir sicher: Du magst das Bild tatsächlich.

Tja, was war? Hast du mich betrogen?

Wie gesagt: nein.

»Er hat mir die Seele zerlegt«, rutscht mir einmal in einer jener späteren Gesprächsrunden heraus, und ich sehe in leere Gesichter. Zu dramatisch, zu abgehoben, zu bildhaft. Schläge, Betrug, Lügen, Kälte – alles mehr oder weniger greifbar. Aber diese langsame, brutale Zerstückelung meines Ichs? Schon klar, dass ich sie dir ermöglicht habe, beschönigen wir mal nichts. Und doch – gibt es dafür Worte?

Vielleicht diese:

Wenn du deiner eigenen Wahrnehmung nicht mehr traust, und zwar nicht auf eine gesunde Weise im Sinne von Reflexion, sondern so, dass es dir Angst macht, dass du glaubst, verrückt zu werden; wenn du nicht mehr beschreiben kannst, was du empfindest, weil du es einfach nicht wahrnimmst, dich einfach nicht spürst; wenn dein ganzes Sein auf einen anderen Menschen übergeht, all dein Sehnen, dein Hoffen und deine Furcht, wenn dieser Mensch dich krank nennt, gestört, kaputt, wertlos, und du ihm glaubst, weil er dir im nächsten Moment einredet, dich zu lieben, was alles ist, wofür du lebst – dann bist du dabei, dich selbst zu verlieren, was zu groß und blumig und wenig greifbar klingt, aber ich habe keine andere Beschreibung dafür. So ist es, ich bin zwischenzeitlich nicht mehr da, mein Körper gehört mir nicht mehr, auch meine Seele nicht.

Ich kann mich nicht spüren, da bist immer nur du.

GEDANKENSPLITTER:
Dass es einen Begriff für das Phänomen gibt, erfahre ich erst Jahre später: »Gaslighting«, benannt nach einem alten Film. Und Gott, ja. Wir trinken zu viel. Das macht die Sache mit der Wahrnehmung noch schlimmer. Wenn ich mir selbst nicht trauen kann, wem dann?

Kapitel 15: LÖSUNGEN?

Doch ich schweife ab. Denn abgesehen von Maschas vor der dunklen Zeit entstandenen Schwangerschaft sind die anderen Frauen in diesen Monaten kein Thema. Davor und danach, das ja. Aber während dieses Winters, in dem ich dich halte, spielen sie keine Rolle. Spielt auch Sex keine Rolle für dich, nicht einmal Sex mit dir selbst. Wir liegen Arm in Arm in deinem Bett und bekommen die Proben für dein Theaterstück irgendwie hin. Auch Samuel und Goran haben Rollen darin, so langsam scheinen sie sich an mich zu gewöhnen.

Es gibt Rückschläge, immer wieder. Als der kokainsüchtige Paul wieder und wieder seinen Text vergisst und größenwahnsinnig darauf besteht, seine Rolle sei aber auch die schwierigste von allen (was er als einziger so sieht). Als die Heizlüfter ausfallen und wir in der bitterkalten Bonbina so tun, als zitterten unsere Finger nicht, bis es Goran und dem Ältesten, Hape, schließlich zu blöd wird und sie die Probe verlassen. Als du alles hinschmeißen möchtest, *also bitte, alles Mist*, das habe doch ohnehin keinen Sinn.

Und doch halten wir irgendwie alle durch.

Das Stück wird ein Erfolg. Geschafft!

Jetzt könnte ich neue Energie tanken, so war der Plan, irgendwie, aber mit deiner von Panikattacken durchsetzten Depression ist es ja noch nicht vorbei.

Über Weihnachten fahren wir jeweils zu unseren Familien, telefonieren fast täglich. Ich weine weiterhin viel, wie schon seit Wochen, oft mehrmals täglich, die Erschöpfung sucht sich Raum. Silvester verbringen wir in gewisser Weise fröhlich auf einer Party, ein kurzer Anschein von Normalität. Es folgen einige Tage Blindheit, meine Augen sind so entzündet, dass ich sie kaum öffnen kann. Zum Glück finde ich einen Arzt, dessen Praxis zwischen den Jahren geöffnet hat und der mir Salben und Tropfen verschreibt. Als ich wieder einigermaßen sehen kann, gehen wir ins Affentheater, eine charmant-plüschige Mischung aus Bar und Bühne, geleitet vom ehemaligen Filmemacher Volkmar. Wir sind nicht ganz so oft hier wie in der Bonbina, aber doch immer mal wieder. Ein Stück von Jana wird gezeigt, die auch in unserem eine Rolle gespielt und ein ums andere Mal Pauls verpatzte Einsätze durch Improvisation gerettet hat.

In wenigen Minuten geht es los. Ich sitze neben Samuel, du holst dir gerade ein Bier von der Bar. Er fragt, wie es mir gehe, da platzt es plötzlich aus mir heraus, flüsternd nur, aber doch: dass ich nicht mehr kann, nicht weiterweiß, weil du fast jede Nacht davon redest, nicht mehr leben zu wollen oder eben doch, aber wie … »Scheiße«, murmelt Samuel.

Dann kommst du zurück, das Stück beginnt, und ich bin hin und hergerissen zwischen dem schlechtem Gewissen, dich verraten zu haben und der Erleichterung, nicht mehr allein zu sein mit der Verantwortung für dein Leben.

Denn tatsächlich lässt Samuel mich nicht hängen. Gleich am nächsten Tag meldet er sich wieder, das Ganze geht ihm spürbar nah, und wir beraten, was zu tun ist. Beschließen, uns zu dritt zu treffen, Goran, er und ich, um zu überlegen, wie es weitergehen kann. Es dauert, bis wir einen Termin gefunden haben, doch irgendwann sitzen wir zu dritt in einem Café, wo wir den Plan entwickeln, dich mit einem Gespräch zu überrumpeln, weil wir sicher sind, dass es anders nicht zustande käme. Die beiden sollen sich mit dir verabreden, und dann soll auch ich da sein und wir alle wollen dir zeigen, dass du uns wichtig bist und dass wir glauben, dass du Hilfe brauchst, professionelle vermutlich, also das, was du verachtest wie wenig sonst. Von Psychologie und Psychotherapie hältst du nichts, was auch daran liegt, dass du sie stets mit Psychoanalyse gleichsetzt, mit einem Herumstochern in der Vergangenheit, das dir zuwider ist. Starrköpfig beharrst du auf deiner ablehnenden Haltung, auch wenn ich wieder und wieder argumentiere, dass es auch andere Therapieformen gibt und dass dich ohnehin niemand zwingen kann, etwas preiszugeben, was du für dich behalten willst. Dass bei Borderline sowieso eine dialektisch-behaviorale Therapie empfohlen wird, in der du lernen kannst, mit deinen Spannungen besser umzugehen, weniger zerstörerisch. Oder dass es neben der Psychologie auch noch die Psychiatrie gibt, die sich mit der medizinischen Komponente der Problematik beschäftigt … Alles derselbe Mist in deinen Augen. Dir könne niemand helfen. Und dass ich mir selbst Hilfe gesucht habe in meiner Gruppe, unsretwegen, das ist dir unangenehm. Da kann ich oft genug erwähnen, dass ich dort niemandem deine Seele zum Fraß vorwerfe, sondern die meine zu heilen versuche. Dass es in den Gesprächen gar nicht mal immer um dich geht, ja, stell dir vor! Aber viel kann ich dir dazu ohnehin nicht erzählen, so schnell wechselst du das Thema, wenn die Sprache auf meine Selbsthilfegruppe kommt. Wenige Minuten hältst du das aus, manchmal zumindest, dann lässt du abrupt einen Satz fallen, der nichts mit dem Gesagten zu tun hat und das Gespräch in eine andere Richtung lenkt.

Kurz, was ich sagen will: Samuels, Gorans und mein Plan ist gewagt, er macht uns allen Angst. Wie wirst du reagieren? Wir rechnen mit deiner Verachtung aufgrund des Verrats. Insbesondere ich rechne damit, hast du mir doch stets eingebläut, niemandem von den Nächten zu erzählen, in denen du zitternd in meinen Armen liegst. Du und schwach? Niemals! *The show must go on!* Aber haben wir eine Wahl? Nein. Also legen wir in den nächsten Tagen einen Termin für das Krisengespräch mit dir fest – doch dann kommt alles anders.

Ausgerechnet jetzt hörst du von heute auf morgen mit der Trinkerei auf, stattdessen gibt es täglich drei bis vier Stunden Sport. Du trainierst wie ein Besessener, träumst von Muskeln und einem flachen Bauch, und ich bin hin- und hergerissen: besorgt wegen des Von-Null-auf-Hundert-Wahnsinns und doch erleichtert, weil es den Anschein hat, als schöpftest du neuen Lebensmut. Kein »Ich will nicht mehr leben«, seit zehn Tagen schon nicht. Wäre es kontraproduktiv, dir jetzt ein Krisengespräch aufzudrücken? Samuel, Goran und ich beschließen, es zu verschieben und erst einmal abzuwarten.

Und so folgt das Jahr, das ich als unser glücklichstes in Erinnerung habe. Nicht frei von Trennungen, dramatischen Kontaktabbrüchen und Kämpfen, überhaupt nicht, aber vergleichsweise harmonisch, oft über Wochen, zum Teil sogar über Monate hinweg. Die Nachrichten in meinem Handy, die ich mir während des Schreibprozesses an diesem Roman erneut durchlese, zeugen überwiegend von zärtlicher Vertrautheit, nur vereinzelt zersetzt von Zeilen voller Wut oder Verletztheit, etwa, als du mich wieder einmal in der Nacht zu dir bestellst, dann aber nicht auf mein

Sturmklingeln reagierst, weil du betrunken in einen extremen Tiefschlaf gefallen bist. (Ja, etwa ab Frühling greifst du wieder zum Bier.) Oder weil es mal wieder um das Thema Definitionen geht, siehe das folgende Kapitel.

Aber letztlich, ja, gibt es viele liebevolle Momente und gemeinsam zelebrierten Wahnsinn. Etwa, als wir eines Nachts splitternackt in deinem Bett liegen, dir die Zigaretten ausgehen und wir, so wie wir sind, am Automaten ums Eck neue holen gehen, mit nichts als Schlüssel und Geldbörse in der Hand. Straßenlaternen bescheinen unsere unbekleideten Leiber, der Wind umspielt unsere Haut, und ich, ich fühle mich glücklich und frei, auf gute Weise anders als alle anderen, auf gute Weise mit dir verbunden, dir, der du mit mir in die Sterne guckst und die kühle Luft spürst, auf deiner Haut, in deinen Gedanken. Ich brauche nichts, nichts, nichts. Nur die Nacht und dich an meiner Seite. Frieden. Glück. Du nimmst meine Hand und wir schlendern wieder heim.

Oder als du mit mir in meinen 38. Geburtstag hineinfeierst, nachts liegen wir in der Wanne und spielen mit goldglitzernder Badeknete, die mir mal in die Redaktion geschickt wurde. Du gibst vor, mit mir Wein zu trinken, dabei nippst du nur ganz leicht am Glas, bleibst heimlich nüchtern und später erstaunlich gelassen, als ich dir von Samuels, Gorans und meinem Plan vom Jahresanfang erzähle. Ich lüge nicht gern, wie du weißt.

Dein Geschenk gehört zu den schönsten, die ich je bekommen habe, wobei du meine Haupt-Rührung angesichts des antiquarischen *Mein Herz*-Buches von Else Lasker-Schüler erwartet hast beziehungsweise deiner Widmung darin: »(…) Leider kann ich dir nur *Mein Herz* schenken …« Tatsächlich bewegen mich aber mehr noch die 38 bunten Kraniche aus Papier, die du für mich gefaltet hast. Ich denke an die Stunden, die du damit verbracht haben musst, an die Zeit, die du mir gewidmet hast, mir, die ich es, anders als du, farbenfroh liebe und verspielt. Ich halte die Vögel weiterhin in Ehren, bis heute, da ich dein Herz schon wieder verloren habe.

Dann deine tiefe Rührung, als ich dir einen hölzernen Rosenkranz schenke, den ich bei einer Familienfeier im Chiemgau entdeckt habe. Du hast vorher einen aus Plastik und Metall besessen, der dir aus verschiedenen Gründen viel bedeutete, den du aber verloren hast. Ich zögere, dir nun diesen neuen mitzubringen, weil ich fürchte, er könne die Bedeutung des Originals schmälern, das sich nun mal nicht so einfach ersetzen lässt. Im Emotionalisieren von Dingen bin ich selbst geübt, das weißt du ja, ich will dich ernst nehmen in der Trauer um den Verlust und dir dennoch eine Freude machen, also stammle ich herum, teile dir meine Unsicherheit mit, bevor ich dir mein kleines Geschenk überreiche: »Vielleicht ist es falsch, ich weiß nicht …« Doch dann bist du so spürbar bewegt davon, hast Tränen in den Augen, flüsterst einige Male: »Du hast mir einen Rosenkranz geschenkt …« Geht es um Gott? Eher nein. Wobei es natürlich Menschen gibt, die Gott mit Liebe gleichsetzen, insofern bin ich hier vielleicht einfach mal großzügig und halte mich nicht mit derlei Definitionen auf. Ich fühle mich dir sehr nah.

Bei allen weiterhin vorhandenen Schwierigkeiten genügen solche Glückssplitter des Lebens, um mich auf ein Happy End hoffen zu lassen. Beziehungsweise eine gemeinsame Zukunft. Wir gehören doch zusammen, oder nicht?

Nicht?

Kapitel 16: DEFINITIONEN

Ja? Nein? Vielleicht?

Drei Jahre lang wünsche ich mir nichts sehnlicher, als dass du mich offiziell als deine Freundin anerkennst. Drei Jahre lang nährst du meine Hoffnung für Momente, um sie sogleich wieder zu zerstören. Denn unzählige Male und in zig Varianten haben wir Gespräche wie dieses geführt:

Du: »Die anderen denken, wir sind zusammen.«

Ich: »Und?«

Du: »Wenn die das denken, dann finde ich nie eine richtige Freundin.«

Ich: »Aha … Was bin denn dann ich für dich?«

Du: »Wir können nicht zusammen sein, versteh' das doch. Ich liebe dich sehr, aber du bist nicht die Liebe meines Lebens.«

Ich: »Und solange du die nicht gefunden hast, darf ich als Ersatzspielerin einspringen?«

Du: »Red nicht so einen Scheiß. Du weißt, wie sehr ich dich liebe. Du bist mein Lieblingsmensch, meine beste Freundin, ich verbringe wahnsinnig gerne Zeit mit dir …«

Ich: »Aber im Grunde wünschst du dir etwas anderes.«

Du: »Ja. Nein. Ach, du verdrehst mir die Worte im Mund.«

Ich: »Wir verbringen etwa vier bis fünf Nächte pro Woche miteinander, du rufst mich manchmal mehrmals täglich an, sagst, du liebst mich, und verdammt, ich liebe dich, wir schlafen miteinander, wir arbeiten miteinander, ich pushe dich durch dein Studium, wir erzählen einander so ziemlich alles – aber du sagst, das ist keine Beziehung?«

Du: »Ich will nicht mit 40 eine 50-jährige Freundin haben.«

Ich: »Es geht um jetzt. Ich brauche kein Versprechen für die Ewigkeit, aber für den Moment. Es geht nicht mal darum, dass du nur noch mit mir schlafen sollst, das weißt du. Wir können eine offene Beziehung haben oder eine polyamore …«

Du: »So was will ich nicht. Das ist doch scheiße.«

Ich: »So was haben wir im Grunde längst. Bloß, dass du nicht zu mir stehst.«

Du: »So ein Blödsinn. Natürlich tue ich das.«

Ich: »Manchmal, wenn es *dir* gerade passt. Wenn *du* einen Kuss auf den Mund zur Begrüßung gerade angebracht findest, dann darf er sein. Als ich dich einmal zuerst geküsst habe, hast du verärgert geguckt und mir hinterher erzählt, du wolltest nicht, dass jemand daraus falsche Schlüsse zieht.«

Du: »Ich mag das eben nicht so öffentlich.«

Ich: »Das habe ich akzeptiert und dich seitdem nie wieder als Erste geküsst. Immer erst nachdem du mir durch deine Küsse signalisiert hast, dass ich an dem Tag ›darf‹, ich passe mich da komplett deinen Launen an. Fällt dir nicht mal auf.«

Du: »Das stimmt doch nicht.«

Ich: »Und wie es stimmt. Wir küssen uns nur öffentlich, wenn es dir gerade passt. Du darfst mich den ganzen Abend umarmen, wenn du es brauchst, und ich freue mich sogar noch darüber. Aber umgekehrt? Finger weg! Was ich fühle, zählt nicht.«

Du: »Oh Mann … wieder diese Leier.«

Ich: »Wie auch immer, ich mach' das nicht mehr mit. Das Bett warmhalten, bis du deine Eine gefunden hast. Die rundum perfekte Traumfrau.«

Du: »Dieser Tonfall! Mach dich nur lustig über mich.«

Ich: »›*Ach Schatz, du weißt, ich habe mich schon immer zu älteren Frauen hingezogen gefühlt.*‹ ›*Ach Schatz, du weißt, ich stehe auf ganz junge Mädels.*‹ ›*Ach Schatz, du weißt …*‹ Einen Scheiß weiß ich! Die Frau, nach der du dich sehnst, gibt es nicht! Niemand kann alles sein.«

Du: »Aber vielleicht alles für mich? Nie nimmst du mich ernst. Du machst mir alles kaputt. Als wenn ich nicht schon genug Probleme hätte!«

Ich: »Klar, jetzt bin ich wieder an allem schuld. Du machst natürlich nie was falsch. Was bin ich denn für dich?«

Du: »Was willst du hören?«

Ich: »Die Wahrheit.«

Du: »Ich liebe dich.«

Ich: »Aber eben nicht genug.«

Du: »Ich liebe dich über alles, das weißt du.«

Ich: »Wie denn, wenn du mir zwischendurch regelmäßig von deiner Sehnsucht nach einer ›richtigen‹ Freundin erzählst? Wie soll ich mich da fühlen? Das heißt doch nichts anderes, als dass ich eine Art zweite Wahl für dich bin.«

Du: »Sag so was nicht immer, das klingt ja schrecklich.«

Ich: »Es fühlt sich auch schrecklich an, glaub mir. Es geht mir sauschlecht deswegen. Hörst du? Das tut mir weh!« Spätestens jetzt kommen mir die Tränen.

Du: »Jetzt bin ich wieder der Arsch.«

Ich: »Das habe ich nicht gesagt. Ich möchte nur wissen, woran ich bin. Was ich für dich bin.«

Du: »Natürlich bist du meine Freundin, das wissen doch alle.«

Wenn die Diskussion so schließt, kommt es vor, dass ich für einen halben Tag ein bisschen glücklich bin, vielleicht sogar mal für Wochen. Glück mit Handbremse, denn ich weiß natürlich, dass es nicht lange dauern wird, bis wir ein ähnliches Gespräch führen werden, das einen etwas anderen Verlauf nimmt und damit endet, dass wir uns trennen. Oder damit, dass ich resigniere und mir sage, dass es nicht auf die Definition ankommt, solange es sonst ja passt. Manchmal vergehen sogar Monate, in denen wir die Frage nicht thematisieren, in denen sich alles beinahe gut und »normal« anfühlt. Aber eines Tages passiert es wieder: »Ich war mit Janine im Kino und danach noch was trinken. Weißt du – ich glaube, die könnte meine Freundin werden.« Oder du streichst mir durchs Haar und verkündest deine Sehnsucht beinahe zärtlich in die Leichtigkeit einer Sommernacht hinein: »Ach Schatz … ich hätte so gerne eine richtige Freundin.« Und ich liege nackt neben dir, und in mir fällt wieder einmal alles zusammen.

Irgendwann höre ich auf, Situationen wie diese zu zählen. Einige Zeit nach unserer letzten Trennung wirst du sagen, wir seien natürlich zusammen gewesen, was für eine Frage, und sooo häufig hättest du unsere Beziehung nun auch nicht geleugnet. Aber was bedeutet häufig? Ist alle paar Wochen wirklich selten? Wäre nicht einmal im Jahr schon zu viel? Hättest du mir dieses winzige Stückchen Sicherheitsillusion nicht zugestehen können? Hatte ich meine Ansprüche nicht ohnehin schon bis zu einem Minimum hinuntergeschraubt? Keine Option auf Unendlichkeit mehr, nur ein Ja für den Moment … Bin ich albern, weil mir das bis heute wichtig ist? War deine Liebe mir nicht genug? Früher habe ich doch selbst so argumentiert: Wenn ich mir nicht vorstellen kann, dass es für immer ist, dann ist es keine Beziehung. Was also werfe ich dir vor?

Dass du mich einen Abgrund entlangschleifst, deine warme Hand in der meinen. Immer wieder ein wenig die Finger löst und mich taumeln lässt.

Nach unserer gemeinsamen Zeit bin ich es, die sagt, wir hätten keine »richtige« Beziehung gehabt, und darüber geraten wir immer wieder in Streit, denn mein Beharren darauf und meine Bitterkeit nerven dich. Aber zu sagen »Natürlich bist du mein Ex-Freund« käme mir auch heute noch so vor, als spucke ich meinem vergangenen Ich ins Gesicht: *Ätsch, ihr wart ja doch die ganze Zeit zusammen, hättest ja gar nicht so leiden müssen!* Das bringe ich nicht übers Herz. Noch nicht.

Ist dieses Leiden nachvollziehbar? Oder ist auch das ein Zeichen dafür, dass ich die stressige »Psycho-Fotze« bin, die du phasenweise in mir gesehen hast? Die ich zeitweise vielleicht sogar war, zumindest bei dir und zwei weiteren Personen in meinem Leben, um die es in diesem Buch nicht gehen soll. Beim Aufschreiben eben hat mich die Diskussion selbst genervt. So viel Trara um ein bisschen Definition. Und trotzdem habe ich wieder geweint. Ach, fick dich doch.

Was bleibt, ist Folgendes:

Ich.
Bin.
Keine.
Richtige.
Freundin.
ICH.
BIN.
NICHT.
RICHTIG.

Verstehst du? Was frage ich.

Zerbrochen bin ich nicht an Maschas Schwangerschaft oder all deinen anderen Frauengeschichten. Gerne wäre ich großzügiger, und ja, ich weiß, Vergebung ist ein Akt der Selbstliebe, kein Geschenk an das Gegenüber. Dennoch: Ich habe dir alles verziehen bis auf das. Jede meiner Wunden ist einigermaßen vernarbt bis auf diese. Ich hätte verdient, dass du zu mir stehst. Das hätte ich wirklich. Und das weißt du.

Jetzt weine ich schon wieder beim Schreiben.

Noch bin ich nicht durch mit dem Thema. Es mag merkwürdig klingen, aber bis heute bin ich sehnsüchtig fasziniert davon, wenn ich einen Mann sagen höre: »Das ist meine Freundin.« Wenn er vielleicht noch stolz oder liebevoll dabei guckt. Dann starre ich ihn manchmal an und denke: *Wow, das gibt es! Das ist für manche normal!* Bis heute wünsche ich mir, ich hätte dich diesen Satz einmal über mich sagen hören. Es kam nie dazu. Du stelltest mich mit Namen vor oder gar nicht, je nachdem, ob du mich an einem Abend brauchen konntest oder nicht.

Einmal, wir sitzen in meinem Wohnzimmer, ruft dich ein Kumpel aus Kindertagen an. Du sagst: »Ich bin gerade bei meiner Freundin« und ahnst nicht, was dieser kleine Moment in mir auslöst. Mein Herz rast, wahrscheinlich werde ich ein bisschen rot vor Freude. Ich bin glücklich. So glücklich! Endlich!

Als ich dich später in einer unserer Endlos-Diskussionen auf diese Situation anspreche, winkst du ab: »Hab' ich? Kann schon sein. Aber das darfst du nicht ernst nehmen, das ist mir so rausgerutscht.«

Es rutscht dir immer wieder mal raus, erfahre ich von anderen. Begierig sauge ich auf, wenn mir jemand davon erzählt: »Aber ihr seid doch zusammen. Er sagte so was.« Sagtest du? Wahrscheinlich. Nur bleibst du eben nicht dabei. Vor allem mir gegenüber nicht. »Du bist nicht meine große Liebe. Wir werden niemals zusammen sein. Ich will nicht, dass man uns für ein Pärchen hält. Das mit uns ist keine Beziehung.« Immer. Wieder.

Oder die dramatischere Version: Du bereitest mich mit bedeutungsschwangerem Blick auf ein Geständnis vor, sagst, es gäbe da einen Grund, warum du dich nicht völlig auf mich einlassen könntest. Ich hoffe, dass du dich öffnen wirst, mir irgendetwas über deine Ängste erzählen, über deine offensichtliche Furcht vor emotionaler Nähe, die du dennoch ersehnst, eine Sehnsucht, die du mit körperlicher Nähe zu kompensieren versuchst. Ich ahne vieles, aber es von dir zu hören wäre mir wichtig.

Sprich!

Mit!

Mir!

Sprich!

Bitte!

Was tust du? Mit Tränen in den Augen verkündest du mir: »Es ist eben immer nur Mascha.« Damit ist für dich alles gesagt.

So banal also. Oder so groß? Was weiß ich schon? Die verlorene Liebe, an die keine mehr heranreichen wird. Ich jedenfalls nicht. Ich bin nicht genug! Werde niemals genug sein für dich.

Oder?

Mir den Status einer offiziellen Freundin zu verweigern ist deine Art, mich kleinzuhalten. Männer, die Jein zu mir sagen, ziehen sich durch mein Leben. Irgendwann habe ich selbst damit begonnen, es umgekehrt zu tun, wahrscheinlich aus Angst vor dem Schmerz der Zurückweisung. Du hast ein gutes Gespür für die Wunden anderer Menschen, ich weiß nicht, ob dir das bewusst ist. Ein ums andere Mal beklagst du dich, wie überlegen ich dir sei, dass du dich mir gegenüber oft wie ein kleiner Junge fühlst, und ich verstehe durchaus, was du meinst. Ja, auch ich halte dich klein. Mir ist klar, dass ich zu deinem Gefühl beitrage, dass ich es nur zu gern zulasse, wie du dich in Abhängigkeit zu mir begibst, wie du mir die Verantwortung für dein Leben aufdrängst, denn sobald du alleine klarkommst, steigt für mich die Gefahr, dich zu verlieren. Besonders liebevoll bist du zu mir, wenn du Angst hast, panisch bist, unsicher oder deprimiert. Dann bin ich dein Alles, dein Schatz, dein Lieblingsmensch, dein Halt. Dann kannst du mich nicht oft genug küssen, vor anderen oder allein, dann suchst du immerzu meine Nähe, dann gehören wir zusammen, für den Moment und vielleicht für immer, ich der Leuchtturm, du der Wind.

Wenn ich merke, dass eine depressive Phase beginnt, dass dein Alkoholkonsum steigt und du unsicher wirst, dann entspanne ich mich. Denn das bedeutet: Du wirst mich brauchen. Was wiederum heißt: Du wirst mich lieben. Ich verliere dich nicht. Alles wird einfacher, trotz der Strapazen, trotz der Angst um dich. Denn in solchen Phasen bin ich nicht hilf- und ahnungslos, in solchen Phasen weiß ich genau, was zu tun ist: stark sein. Alle Restkräfte mobilisieren. Durchhalten. Dein Leben in meine Hand nehmen. Und ja, das bedeutet auch: Ich habe Macht. Falls jemand kotzen möchte: Der Eimer steht bereit. Und trotzdem: Selbst diesem Wahnsinn wohnt ein Zauber inne. Die Romantisierung der

Sucht. Der gegenseitigen Abhängigkeit. Die Auflösung des Ich. Blankes Gefühl ohne Moral. *Das könnte dir fast gefallen*, denke ich beim Schreiben. Berauschende Illusionen. Liebe?

Wenn es dir dagegen gutgeht, bin ich allzu oft Luft für dich, dann zählt alles andere mehr und du achtest nicht auf mich. Oder du zeigst dich genervt von mir, ärgerst dich, dass ich dir allein durch meine Anwesenheit die Tour bei der ein oder anderen Lady vermassle, die vielleicht »die Eine« sein könnte, und nein, das bilde ich mir nicht ein, oft genug sagst du es auch. Wozu meine Gefühle respektieren? Ich bin ja still, ich dulde das, warte ab und halte mich dabei auch noch für stark und cool. Ach Gott. Und wenn du mich wieder brauchen wirst, werde ich ohnehin da sein, nicht wahr? Natürlich. Das wissen wir beide. Macht das unsere Liebe aus? Ist es das, was uns verbindet? So eine lächerliche Abhängigkeit? Ich wünschte, es wäre etwas Größeres. Und obwohl mein Kopf mich dafür naiv schimpft – im Grunde glaube ich es sogar. Glaube bis heute, dass wir zusammengehören. Ich dummes Kind.

Wir brauchen beide die Verschmelzung, du aus Sehnsucht, ich aus Angst. Und wir brauchen beide die Freiheit, ich aus Sehnsucht, du aus Angst. Kann ja nix werden so. Wir verpassen einander wieder und wieder. Gab es irgendwann eine echte Chance für ein Wir? Mein Kopf sagt Nein, mein Herz sagt Ja. Und nein: »Hör auf dein Herz« ist in diesem Fall kein guter Rat. *Vergiss es!*

GEDANKENSPLITTER:
Während ich dieses Buch schreibe, will ich immer wieder Stellen korrigieren, Dinge ergänzen oder streichen, denke: nein, doch nicht. Oder: ja, aber. Oben schrieb ich, ich hätte dir alles verziehen

bis auf deine Weigerung, mich als Freundin anzuerkennen. Manchmal aber überrollt mich auch angesichts anderer Erinnerungen eine Welle von Schmerz und ich merke: Da gibt es noch mehr. Vergebung ist kein linearer Prozess. Ich schwanke zwischen Milde und Wut, mal bin ich ganz sanft und voller Frieden, dann wieder bricht es aus mir heraus und ich will dich mit Gewalt dazu bringen, mich zu verstehen: »Sieh, was du mit mir gemacht hast! Nein, manchmal gehören nicht zwei dazu, manchmal verbockt es einer allein: du!« Was natürlich kontraproduktiv ist, wenn man verzeihen will. Und vielleicht will ich das nicht mal. Ich gönne mir eine Runde Trotz.

GEDANKENSPLITTER:
Damit ich es nicht unterschlage: Einmal knutsche auch ich vor deinen Augen mit einem anderen Mann, mit einem Maler, auf einer kleinen Feier in der Kunstakademie. Ich tue es mechanisch, vielleicht aus einer Sehnsucht nach früher heraus, als meine Welt noch eine leichte war und ich ein schillernder Schmetterling im Wind. Doch ich fühle nichts, es ist weder gut noch schlecht, ich lasse es einfach geschehen. Du verlässt daraufhin den Ort, kommst aber wieder, und schließlich gehen wir gemeinsam heim.

Kapitel 17: INTIMITÄT

Deinen 28. Geburtstag feierst du in der Bar von Volkmars Affentheater, nach der Dernière eines Stückes, für das du das Bühnenbild entworfen hast. Ich schenke ich dir offiziell eine handsignierte Flasche Wein vom Gut eines Künstlers, den du verehrst – und dazu inoffiziell eine kleine Fernbedienung, die zu dem Vibrator gehört, der in meinem Körper steckt. Du magst das Geschenk. Ich übergebe dir ein Stückchen Kontrolle über meine Lust. Einmal vergisst du an dem Abend für eine ganze Weile, das Ding in mir wieder auszustellen, und als ich dich schließlich darauf aufmerksam mache, lachst du mit leuchtenden Augen.

In den Tagen danach benutzen wir ihn manchmal, während ich dir einen blase, das hat was. Keine zwei Wochen nach deinem Geburtstag greife ich wieder nach dem kleinen, schwarzen Gerät, das auf deinem Schreibtisch liegt, halte es in der Hand, benutze die Fernbedienung – nichts.

»Oh, sind da die Batterien schon alle?«, wundere ich mich.

Dabei hätte es bleiben können. Blöde Technik, Ende, aus. Doch ich sehe dir an, dass etwas nicht stimmt: »Komisch, der ging doch neulich noch?«

»Ja, keine Ahnung.«

»Hast du ihn seitdem wieder benutzt?«

»Nein.«

»Sag doch.«

»Nein, warum glaubst du mir nicht?«

»Weil ich dich kenne.°

Du windest dich. Willst nichts sagen, bringst unsinnige Argumente: »Vielleicht bin ich aus Versehen mal drangekommen?«

Ich lasse nicht locker: »Quatsch.«

Etwas stimmt nicht, etwas stimmt nicht ... Lange sehe ich dich an. Mit bohrendem Blick vermutlich. »Sag's mir.«

Schließlich platzt es aus dir heraus: »Mein Gott, ich habe ihn mir in den Arsch geschoben, zufrieden?«

Ich möchte dir glauben. Will denken, dass es so war. Klingt logisch, ist dir eben etwas peinlich. Für den Bruchteil einer Sekunde fühlt es sich sogar so an: *Okay, halb so wild.* Aber ich kenne dich zu gut: »Lüg mich nicht an!«

Du merkst, dass du mir nicht auskommst. Dass ich ungeduldig werde. Versuchst noch ein- oder zweimal lahm, mich von deiner Story zu überzeugen, gibst dann aber zu, dass du ihn kürzlich einer anderen zwischen die Beine geschoben hast.

»Wem?«, frage ich.

Einer Frau aus der Kneipe bei dir um die Ecke, dem Alten Gustl, erfahre ich. Ich glaube zu wissen, wen du meinst. Eine, die dort mit den meisten der Stammgäste schon mal was hatte, wie du mir mal erzähltest. Sie wirkt nett, etwa in meinem Alter, von etwas verbrauchter, aber noch sichtbarer Attraktivität. Ich unterstelle ihr, dass es weniger Lust als die Sehnsucht nach Nähe ist, die sie in fremde Betten treibt. Sie hat so eine Verlorenheit im Blick.

Ich will alles wissen, wann, wie, wo.

Du hattest das Ding eben mal dabei, sagst du. Hast ein bisschen damit angegeben, sie war neugierig ...

Aha.

Die Frau ekelt mich nicht an. Auch nicht die Tatsache, dass du mit ihr intim warst. Ganz ehrlich, eine mehr, was soll's. Trotzdem: Die Stimmung ist für heute dahin. Und das ist meine Schuld, wie du mir eindringlich klarmachst: »Musstest du unbedingt nachbohren? Konntest du nicht einfach still sein? Ich hab das Ding doch desinfiziert.«

Oh, na dann! Aber ja: Musste ich das? Ich weiß es nicht. Mit deinem riesigen Monster-Vibrator, den dir nach einer kleinen Affäre irgendwann eine blutjunge Bekannte klaute, hast du ja auch nicht nur mich zum Stöhnen gebracht. Trotzdem: Dieser war mein Geschenk an dich. Unser Geheimnis, von dem nur wenige wussten. Wieder ist uns ein Stückchen Intimität entglitten, ein Stückchen »wir zwei«. Wie beliebig bin ich für dich, wie austauschbar? Mehr, als ich ertragen kann. Ganz vorsichtig klopft es an, dieses Wissen: Es ist zu viel! Wach auf!

Aber ich muss ja. Muss ertragen. So bist du eben. Habe ich eine andere Chance?

Wir benutzen den Vibrator kein weiteres Mal.

Ich resigniere. Aber noch regt sich etwas in mir, und irgendwann merke ich, dass es ein Gefühl ist, das ich mein Leben lang zu unterdrücken versucht habe, das sich aber, seit ich dich kenne, Bahn bricht in mir, zumindest punktuell: Wut. Gesunde Wut, die ich zunächst auf kranke Art auslebe. Denn irgendwann in diesem Jahr schlage ich dich zum ersten Mal. Ich kann mir nicht erklären, warum die Erinnerung daran so verschwommen ist, warum ich nicht mehr genau weiß, wie es dazu kommt, es ist doch sonst alles so eingebrannt in mir, und Alkohol war oft genug im Spiel bei uns. Ungenau habe ich also dieses Bild vor Augen, wie du unter mir auf dem Boden liegst, wie wir miteinander ringen, unsere ganze Kraft hineinlegen in diesen Kampf, halb ist es Spaß, halb Ernst, wir lachen, wir küssen einander, du drückst mir ein Kissen ins Gesicht, fragst mit leichter Panik in der Stimme, ob ich Luft bekomme, und irgendwann schlage ich zu, schlage dir mit der flachen Hand auf die Wange, so hart ich kann, wieder und wieder und wieder, ich spüre, wie etwas leichter wird in mir mit jedem Hieb. Es tut so gut, so gut, so gut …

Und du? Wirkst weder schockiert noch verletzt, eher fasziniert, du wehrst dich nicht, und auf irgendeine irre Art habe ich das Gefühl, wir kämen einander gerade näher. Weil ich Schwäche zeige mit diesen Schlägen? Die Kontrolle verliere? Vielleicht. Irgendwann liege ich in deinen Armen und bin erschöpft.

Das ist krank, denke ich später, und werde es noch mehr denken, als es einige Wochen danach das nächste Mal passiert und der Ernst überwiegt, als sich kaum noch Spaß mischt in die Situation, keine sexuelle Komponente mehr, die man beim ersten Mal vielleicht noch hineininterpretieren konnte. Nein, es passiert nicht. Ich *tue* es. Nach meinem Selbstbild ist nun auch mein Weltbild erschüttert. *Wer schlägt, ist schuld, wer schlägt, tut Unrecht, Gewalt ist falsch*, das war immer mein Credo, das sagt mir bis heute mein Verstand, aber er erreicht mein Fühlen nicht. Ich fühle mich nicht schuldig, nicht schlecht, im Gegenteil. Die Wahrheit ist: Ich bereue diese Schläge nicht. Sie fühlen sich bis heute *richtig* an. Um meine Verwirrung aufzulösen, um wieder klar zu werden im Kopf, um ein Schuldbewusstsein zu entwickeln, erzähle ich einigen Freund*innen davon, aber niemand wäscht mir den Kopf. »Er wird es schon verdient haben«, sagen manche. »Du konntest eben nicht mehr«, die anderen. Kann ich ausschließen, dass eine

Frau mit einem Mann dasselbe tut wie du mit mir? Nein. Es ist also möglich, dass in manch einem Schlägertypen dieselbe Verzweiflung steckt wie in mir. Überhaupt widerstrebt es mir, in Geschlechterrollen zu denken, das weißt du ja. Alles in mir sträubt sich, Gewalt zu verteidigen, aber nun bin ich selbst eine Gewalttäterin, eine, die nur mechanisch bereut, vernunftgetrieben, die aber jeden Schlag genossen hat und es auch noch in der Erinnerung tut.

Doch wie gesagt, trotz dieser Schläge, trotz des ein oder anderen vorübergehenden Kontaktabbruchs ist dieses Jahr verhältnismäßig harmonisch. Vielleicht darum: Ich gewöhne mich an vieles, bleibe etwa ruhig, wenn du vor Wut mehrmals heftig gegen deine Kommode trittst oder Dinge durch den Raum wirfst. Vermeintlich gleichgültig zu bleiben scheint die sinnvollste Reaktion zu sein, denn so vergehen diese Anfälle schnell und ich kann daher mit ihnen leben.

Aus einem Satz, der in meiner Selbsthilfegruppe fällt, ziehe ich viel: Eine Frau in der Runde drückt ihre Verzweiflung aus, eine Verzweiflung, die alle Anwesenden kennen: »Egal, was ich tue, es ist immer falsch!« Woraufhin eine andere, die schon stabiler ist, trocken entgegnet: »Und was spricht dann dagegen, einfach das zu tun, was du willst?«

Tatsächlich: *was?* Ich glaube, ich bin nicht die Einzige, die dieser schlichte Vorschlag verblüfft. Was *wir* wollen? *Wir*? Darauf zu achten haben wir alle ein Stück weit verlernt. Hier aber kommen wir uns selbst wieder näher, langsam zwar, aber doch. Wir dürfen fühlen und empfinden! Traurig sein oder wütend. Niemand nennt uns hysterisch, niemand straft uns dafür mit Liebesentzug.

Und so haben manche Situationen in ihrer Absurdität schon wieder einen gewissen Witz. Eines Abends kommen wir bei dir an, doch du hast den Schlüssel vergessen. Wütend trittst du gegen die Tür, schreist im Treppenhaus herum. Dann rennst du zum Aufzug und fährst eine Weile rauf und runter. Randalierst du auch dort? Ich weiß es nicht. Setze mich auf die Treppe und öffne einen Champagner-Piccolo, ein Goodie, das ich bei einer Presse-Veranstaltung bekommen hatte und heute mit dir öffnen wollte, einfach so, zur Feier des Tages. Nun trinke ich ihn eben allein und warte einfach ab. Es dauert nicht allzu lange, da bist du wieder bei mir, gefasst und freundlich, wir rufen den Schlüsseldienst und haben schließlich noch einen schönen Abend. Es geht schon.

Sogar einen kleinen Urlaub verbringen wir zusammen in diesem Jahr, einige Tage an einem See in den Bergen. Du hast kaum Geld, ich bezahle fast alles, doch von deinem letzten Euro kaufst du mir ein Souvenir, eine kleine Holzscheibe mit dem eingebrannten Seepanorama. Ich bin gerührt, das kleine Bildchen hängt bis heute in meinem Flur.

Wir sehen glücklich aus auf den Fotos aus diesen Tagen: im Ruderboot, unterm Wasserfall, mit Einweg-Regencapes im Biergarten während eines kurzen Wolkenbruchs. Selbst durch dein eingefroren-falsches Grinsen in der Seilbahn – du hast große Höhenangst – blitzt ein wenig Sonne und Liebe. Auf dem Gipfel strahlst du, du liebst die Berge. Ich das Wasser. Hier haben wir beides. Wir sind ein Paar.

Zumindest beinahe. Denn: Kurz nach einem albernen Kuss-Selfie siehst du mich an: »Das stellst du aber nicht auf Facebook!«

»Hatte ich ehrlich gesagt gar nicht vor. Ich muss auch überhaupt keins der Fotos hier veröffentlichen, keine Angst.«

»Doch, doch, mach. Ich möchte nur nicht, dass es wie ein Pärchen-Urlaub wirkt.«

»Also nur Bilder, auf denen wir einzeln zu sehen sind?«

»Was, wieso?«

»Alles andere sieht vermutlich stark nach Pärchen-Urlaub aus, das wird sich schwer vermeiden lassen«

»Ach so, nee, Quatsch, poste ruhig alle. Wir sind ja auch zu zweit hier.«

»Das ist wohl so. Ich kann ja dazuschreiben: ›zwei Kumpels auf Tour‹. Damit ja keiner auf falsche Gedanken kommt.« Ganz bewusst ignoriere ich den erneuten Stich, den mir diese Diskussion verpasst, überspiele ihn mit Witzchen, um uns die Tage nicht zu versauen: »Geht das klar, Bolle?« Ein kleiner Boxer in deine Seite.

Merkst du etwas? Ich weiß es nicht. Du lachst, boxt zurück: »Aber sicher, Keule!« Sind Kosenamen schon mal unromantischer entstanden? Keule und Bolle, das Nicht-Paar, das Niemals-Pärchen, die besten Freunde plus. Aber ich lache ja mit, und darum ist alles gut. Solange ich dein Spiel mitspiele, bekomme ich zumindest eine Illusion von Glück. Ach, seien wir mal nicht so: bekomme ich ein bisschen Glück. Ja. Doch. Die Sonne scheint, und du bist bei mir.

Nachts sitzen wir mit Tankstellenwein auf der Terrasse unseres Hotelzimmers und sehen dem Mond beim Wandern zu.

»Ich liebe dich«, sagst du.

Auf dem Heimweg machen wir Station in Salzburg, flanieren durch die Stadt, posieren vor Rosen im Mirabellgarten und Georg Trakls Geburtshaus, schließlich auch auf der Brücke mit den Liebesschlössern. An deren Ende gibt es einen Stand, an dem man sich eines gravieren lassen könnte.

»Möchtest du?«, fragst du mich.

Lachend schüttle ich den Kopf. So eine Liebe will ich nicht. Ich mag Fesseln als sexuelle Spielerei auf der Basis einer Freiheit, die quasi das Spielfeld ist. Was die seelische Verbundenheit angeht, wünsche ich mir freiwilliges Zusammensein, keine Schlösser, kein Glück in Ketten.

Und doch freue ich mich über deine Frage, weil sie ein Stückchen Normalität suggeriert. Wir sind ein Touristenpärchen und machen Touristensachen.

Ich bin glücklich, dass dein 28. Geburtstag hinter dir liegt. Weißt du eigentlich wie erleichtert ich an jenem Tag war? Ein alberner Aberglaube, schon klar, aber nur wenige Monate davor gab es ja dieses tägliche Zittern, von dem bis heute ein Hauch geblieben ist, dieses Zittern um dich, das mir vorhin beim Trakl-Haus wieder kurz durch die Glieder fuhr. Du hast den Eintritt in den Klub 27 verpasst. Immerhin.

Und ja, ich poste die Bilder unserer kleinen Reise später. Keine Kussfotos, aber uns beide, Arm in Arm am Ufer des Sees, einzeln lachend im Boot, zusammen auf dem Salzburger Makartsteg, dem mit den Schlössern … Ich weiß nicht, ob ich es getan hätte, wenn ich mir deiner sicherer gewesen wäre. Wahrscheinlich nicht, ich war nie ein Fan von zur Schau gestelltem Liebesglück. So aber freue ich mich jedes Mal, wenn du mir sozusagen »erlaubst«, einen Teil unseres »Wir« öffentlich zu machen. Kurz wie ein Paar aufzutreten. Denn daraus ziehe ich Bestätigung: Menschen sehen uns. Mit deinem Einverständnis! Ein Foto von uns veröffentlichst du sogar selbst. Jedes »Like« bekräftigt: Ich bilde mir das mit uns nicht ein. Es gibt eine Verbindung. Wir gehören zusammen. Das da ist echt, was immer es ist. Tatsächlich Liebe? Whatever. Aber real!

Ich!

Bin!

Nicht!

Verrückt!

GEDANKENSPLITTER:

Dir fühle ich mich so nah wie keinem Menschen zuvor und ich fürchte, es wird danach keinen geben, mit dem es mir ähnlich gehen wird. Was vielleicht besser so ist, denn so kann ich dem Menschen am nächsten sein, dem diese Nähe am meisten gebührt: mir selbst. Klingt nach Eso-Ratgeber? Und wenn schon. Wer einmal das Gespür für sich selbst verloren hat, wird verstehen, was ich meine.

GEDANKENSPLITTER:

Da ist diese dumme Hoffnung. Jeder Freundin in meiner Situation würde ich sagen: Vergiss es. Akzeptiere, dass er manches niemals begreifen wird. Dass du manche Antworten niemals bekommen wirst. Dass ihr zu verschieden seid. Dass er einfach nicht will. Nicht kann! Und doch: Da ist diese dumme Hoffnung, dass auch du mich eines Tages verstehst. Oder es zumindest versuchst. Wirst du?

Kapitel 18: PARTNERSCHAFT

Manchmal bemerkst du die Schieflage zwischen uns, bemerkst, wie sich mein ganzes Leben um dich dreht, wie ich dich unterstütze, wo ich nur kann und selbst immer mehr verschwinde. Dann gibst du dir große Mühe, die Dinge wieder ins Lot zu bringen, alles gut und richtig zu machen. Mir ein Partner zu sein. Fragst mich zum Beispiel am Telefon, wie es auf der Arbeit war, und glaub es oder nicht, mir schießen bei so was ein ums andere Mal Tränen in die Augen, weil etwa dieser Frage ihre Beiläufigkeit und Natürlichkeit fehlt, weil ich merke, dass du dir vorgenommen hast, mir mehr Aufmerksamkeit zu schenken, weil du mir beweisen willst, dass ich dich interessiere, dass du mich liebst. Es fällt dir schwer, deinen eigenen Kosmos zu verlassen, aber für mich versuchst du es, und das werde ich dir nie vergessen.

Du magst meine Art zu schreiben nicht besonders, hast aber auch noch nicht viel gelesen von mir. Eines Abends sind wir bei mir, es ist spät, wir haben bereits einiges an Wein getrunken, und ich muss früh raus, morgen ist Redaktionsschluss, ein anstrengender Tag. Du bist noch nicht müde, darum beschließen wir, in getrennten Zimmern zu schlafen, du auf meinem Matratzenlager in meinem balkongroßen Wintergarten neben der Küche.

»Ich lese noch ein bisschen. Vielleicht deine Geschichten? Gibst du sie mir?«, fragst du.

Natürlich! Wie ich mich freue! Du interessierst dich für mich! Ich reiche dir einen kleinen Stapel Ausdrucke.»Viel Spaß damit. Gute Nacht.«

»Gute Nacht.«

Ein Kuss. Glück.

Am nächsten Morgen tappe ich verschlafen Richtung Badezimmer – und da stehst du im Flur.

»Huch, du bist schon wach?«, will ich fragen, merke dann aber, dass du völlig neben dir bist. Du siehst mich aus verschleierten Augen an, deine Hose ist nass. Später merke ich: auch die Decke, das Bett. Und in der abends noch fast vollen Ginflasche die auf meinem Küchentisch stand und jetzt neben den Matratzen liegt, befindet sich kaum noch ein Tropfen. Du hast es nicht auf die Toilette geschafft, vielleicht nicht einmal bemerkt, dass das nötig gewesen wäre. Bist so betrunken, dass du kein Wort herausbringst, nur unverständliches Gestammel. Umarmst und küsst mich. Stehst im Gang, als könntest du dort noch ewig stehen, trotz des leichten Wankens, aber allein schon aus Mangel an Alternativen. Wohin? Ein zärtliches, verwirrtes Tier, grunzend und schwankend und nass, mit den Augen eines Kindes, dem Schwanz eines Mannes und der Traurigkeit der ganzen Welt.

Scheiße. Behutsam versuche ich, dich zur Couch im Wohnzimmer zu dirigieren. Bis dorthin sind es maximal fünf Meter, aber du kannst dich kaum bewegen, also schiebe ich dich, rede dir gut zu, »einen Fuß vor den anderen, na los, es geht doch …«, und in winzigen, winzigen Schritten kommen wir vorwärts. Eigentlich müsste ich mich beeilen, müsste schnellstmöglich in der Redaktion sein, es ist noch so viel zu tun. Warum ausgerechnet heute?

Aber ich bin ja selbst schuld – hätten wir uns gestern Abend nur nicht getroffen, ich weiß ja, dass es immer eskalieren kann. Immer! Wenigstens ist es eine sanfte Eskalation diesmal, kein Gebrüll, keine Schläge.

Ich schreibe eine kurze Nachricht ans Team: »Komme etwas später, sorry, kleiner Notfall.« Dann schiebe ich dich weiter. Du brabbelst und schwankst, bist aber wahnsinnig lieb in deinem Elend, immer wieder fällst du in meine Arme, küsst mich, lächelst mich an mit diesem verschleierten Blick. Wie ein Kind kommst du mir vor, ein hilfloses, verkuscheltes, kleines Kind. Ein Baby. Nach etwa einer halben Stunde stehen wir vor dem Sofa, und weil es mir beim besten Willen nicht gelingen will, dich zum Hinlegen zu bewegen, schubse ich dich irgendwann einfach um. Du liegst schief auf der Couch, deine Unterschenkel stehen über, aber nun bist du nicht mehr zu bewegen, du schläfst. Es gelingt mir nicht, dir deine nasse Hose auszuziehen, irgendwann gebe ich auf. Dann suche ich in meinem hippiebunt gefüllten Kleiderschrank nach möglichst neutralen, nicht zu »weiblich« wirkenden Klamotten, lege dir eine Jeans hin, ein T-Shirt, einen Pulli, und schreibe einen Zettel dazu. Nun schnell waschen, Zähne putzen, anziehen, los … Oder? Kann ich dich in diesem Zustand allein lassen? Plötzlich bekomme ich Angst. Was, wenn du erbrichst und daran erstickst? Was, wenn die Alkoholvergiftung zu schlimm ist? Soll ich lieber einen Notarzt rufen?

Ich entscheide mich dagegen, kritzle noch schnell auf den Zettel, du mögest mich bitte anrufen, wenn du aufwachst, ja?

Das tust du am frühen Nachmittag, hörbar zerknirscht. Weitere zwei, drei Stunden später erscheinst du mit Rosen in der Redaktion in meiner Hose, meinem Shirt. Du riechst, obwohl offenbar geduscht, immer noch stark nach Alkohol. Wahrscheinlich gibst du ein recht erbärmliches Bild ab, aber ich sehe nur, wie hübsch du bist, was für ein schöner Mann, der mir Blumen bringt, ich möchte am liebsten, dass alle uns zusammen sehen, weil es in diesem Moment so wirkt, als seist du mein Freund. Mein *richtiger* Freund. Als seien wir ein *richtiges* Paar, bei dem eben der eine mal was verbockt hat und sich entschuldigt. Als existierte ein »Wir«. Mein Dauerthema: Ich brauche die Blicke der anderen, die Bestätigung von außen, weil sie mir einen Halt gibt, den ich in unserer Beziehung nicht finden kann. Und vermutlich auch nicht in mir selbst.

Man sieht uns.

Dich und mich.

Insofern war das für mich ein glücklicher Tag.

Natürlich folgen neue Kämpfe, neue Versöhnungen. Nach einem Drama dann irgendwann ein paar Wochen voller verschmuster Harmonie. Wir verbringen die Tage trinkend und philosophierend im Bett, gucken Tiersendungen, küssen und kuscheln. Allein: Wir haben keinen Sex. Zunächst denke ich nicht weiter darüber nach, hast du eben mal eine Zeitlang keine Lust, das soll und darf vorkommen. Ich weiß nicht mehr, wie es dazu kommt, dass eines Tages die kleine Bombe platzt: Natürlich würdest du gerne mit mir schlafen, sagst du. Sehr gerne sogar. Aber damit machten wir doch immer alles kaputt. So liefe es doch viel besser.

»Aber ich vermisse dich«, sage ich. »Körperlich.«

»Ich dich doch auch.«

»Und das soll also besser sein? Dabei soll es jetzt bleiben?« Ich bin wütend und gerührt zugleich. Gerührt ob deiner Naivität: Streichen wir den Sex, und alles wird gut, das ist die Lösung! Gerührt, weil ich es als Liebesbeweis werte, der es vielleicht sogar ist: Eine Frau, die dich sexuell anzieht, begehrt dich ebenfalls und du gibst der Versuchung nicht nach? *Du?* Dafür muss es einen wirklich wichtigen Grund geben. Den hast du mir genannt: Du willst unsere Liebe erhalten. Mich an deiner Seite wissen. Um jeden Preis. Ich bin gerührt, weil ich offenbar so etwas Besonderes für dich bin.

Und wütend, weil du über meinen Kopf hinweg entschieden hast. Weil ich mit der Lösung nicht einverstanden bin. Weil ich deine Partnerin sein möchte, nicht deine platonische Liebe.

Haben wir denn wirklich keine Chance?

GEDANKENSPLITTER:
»Schreib alles, du musst mich nicht schonen«, sagst du mal in einem unserer Gespräche über dieses Buch. »Schreib, dass ich mich vollgepisst habe, schreib, dass ich ein Arschloch war, mach das …«

Okay.

Also: Das mit der Pisse ist zweimal passiert. Ein weiteres Mal sind wir beide betrunken eingeschlafen, ich auf deinem Bett, du auf dem Boden, als ich aufwache, liegst du auf meiner nassgepinkelten Handtasche.

Dafür musst du vom Trinken nie kotzen, ich schon. Und ja, ich habe dir schon mal das Badezimmer vollgespien. Du hast es sauber gemacht.

»Nur eins: Schreib nichts über …«

»Klar. Das habe ich dir versprochen, daran halte ich mich.«

Ein letztes Mal:

Hab keine Angst.

Kapitel 19:
NACHTRÄGLICHE ILLUSTRATIONEN

Der Sex kommt zurück. Körperlich harmonieren wir. »Du lässt dich so gut ficken«, sagst du, und ja, ich mag es, wie du mich fickst.

Einige Wochen nach einer erneuten Trennung, welche sich aus deiner im letzten Kapitel erwähnten, geplanten Abstinenz ergab, fahren wir nach einem Bonbina-Abend zusammen nach Hause, ohne es groß zu thematisieren, es ergibt sich ganz selbstverständlich, da steht keine Frage im Raum. An deiner U-Bahn-Station steigen wir aus, schlendern durch die viel zu milde Novembernacht, dann deutest du auf ein Baugerüst – »Komm mit!« – und schon klettern und springen wir über wackeliges Metall, behütet von dem, was der Volksmund Schutzengel nennt, denn wir sind betrunken und leichtsinnig, beugen uns über Geländer, schwingen uns durch die Nacht.

»Du hast doch Höhenangst?«, wundere ich mich.

»Heute nicht!«

Wir lachen.

Klettern.

Gucken in die Sterne.

Sind irgendwann ganz oben, lehnen uns ans Dach, ich spüre die Ziegel im Rücken, denn du drückst mich dagegen, es ist uns beiden klar, dass wir es hier tun sollten, gar nicht mal so sehr aus überbordender Lust, mehr aus … ja, was? Später schreibe ich in einer Kurzgeschichte: »Nach unseren Trennungen lieben wir einander auf Dächern und Gräbern. Aber mehr zum Spaß, wie als nachträgliche Illustration jenes Unsichtbaren, das uns durch die Finger gleitet, wieder und wieder. Dieses wildgewordene Wir.«

Wir inszenieren uns für uns selbst, wir, das große Künstlerpaar. Als suchten wir da schon nach Szenarien für diesen Roman. Das Baugerüst. Der Friedhof, nachts. Ja, auch da tun wir's, kurz und spielerisch, lachend und küssend, doch unsere leidenschaftlichsten Male haben wir ganz unspektakulär im Bett. Oder einmal auf deinem Sitzsack, weißt du noch? Als wir wieder und wieder von vorn beginnen, bis wir ganz wundgescheuert sind und erschöpft? Der Winkel ist einfach zu gut. Komm! Noch einmal! Wie satt gefressene Hochzeitsgäste vor einem köstlichen Buffet. Nein, noch nicht abräumen bitte!

Zwischendrin halten wir inne. Kuscheln, diskutieren, gucken Filme wie früher, nur inniger, vertrauter, fast wie ein richtiges Paar. Fast glücklich. Fast *normal.*

Nicht ganz normal natürlich, weil wir so großartig sind, weil unsere Liebe unvergleichlich ist, weil wir so brennen und leuchten, nicht wahr? Den Himmel zum Platzen bringen! Wir!

Wir!

Der letzte Akt ist eingeleitet. Wieder mal beginnen wir von vorn und sind doch längst am Ende. Egal. Lass uns noch ein Mal tanzen, chéri, das Drahtseil ist gespannt.

GEDANKENSPLITTER:

Noch eine Gerüst-Geschichte, einige Monate davor: Du rufst mich sturzbetrunken an, erzählst mir was vom Himmel und nur langsam bekomme ich heraus, dass du auf irgendetwas geklettert bist, etwas Hohes, und jederzeit stürzen könntest.

»Hast du Angst um mich?«, fragst du.

Ich bejahe und höre dich daraufhin zufrieden seufzen.

»Soll ich wieder runtersteigen?«

»Ja, bitte.«

»Okay. Moment, das ist schwierig, dabei zu telefonieren …«

»Leg auf und ruf mich an, wenn du unten bist.«

Das tust du.

Nichts passiert.

Nur einige Momente großer Angst.

Erträgst du die deine besser, wenn du auch mich das Fürchten lehrst? Fühlst du dich geliebt, wenn es dir gelingt, meine Gefühle zu kapern?

Mag sein.

GEDANKENSPLITTER:

Ich bin mittlerweile fast 39. Ahne, nein weiß: Um eine Trennung von dir zu verarbeiten, bräuchte ich Jahre. Aber die Trennung wird kommen, eines Tages wird mir die Kraft ausgehen, oder du wirst mich nicht mehr wollen und eine andere zur Göttin erklären. Wir beide sind definitiv nicht gemacht für die Ewigkeit. Nicht nur deshalb weiß ich auch: Von dir schwanger zu werden, wäre wahnsinnig. Trotzdem wünsche ich mir insgeheim dieses kleine Mädchen, das deine baggerseegrünen Augen hat und vielleicht etwas mehr Hoffnung im Blick als du. Völlig abstellen kann ich das nicht, bei aller Vernunft. Fünf Töchter möchtest du einmal haben, sagst du. Und dass die unsere sicher schön wäre.

Eigentlich wollte ich immer Kinder.

Und jetzt?

Ich hole Luft, diskutiere mit mir selbst. Welche Möglichkeiten habe ich?

Eine Entscheidung für diesen Mann ist eine Entscheidung gegen Kinder, sage ich mir. Hart, aber wahr.

Ich entscheide mich für dich.

Kapitel 20: ENGE

Natürlich lässt sich die Balance nicht ewig halten, auch wenn es sich so anfühlt, nichts ist für immer, nicht einmal wir. Außerdem bin ich nach wie vor nicht deine *richtige* Freundin, die einzige, *die* große Liebe, die suchst du immer noch und machst keinen Hehl daraus. Mit der Zeit wird die Traurigkeit Teil meines Ichs, sie ist untrennbar verbunden mit mir, unbesiegbar, immer da. Aber womöglich geht es uns ja auch allen so, dass man sich eben irgendwann gewöhnt an ein immerschweres Herz. Oder? Dadurch wird es mit der Zeit leichter, und dieses Paradoxon nennt man Leben. Ist vielleicht so.

Unsere Verbindung wird immer tiefer. Du bist ein Teil von mir. Der Teil, den ich spüre. Wo ist der Rest? Nicht so wichtig.

»Du bist so vereinnahmend«, wirfst du mir vor.

Weil du mich vereinnahmst, denke ich heute.

Damals überlege ich, was ich falsch gemacht habe. Tatsächlich sind wir ständig zusammen. Du schreibst kaum noch einen Text ohne mich, ich verschicke E-Mails in deinem Namen, weil du daheim kein W-LAN hast, ich besorge dir Bücher, ich zahle in der Kneipe dein Bier und fülle zu Hause deine Vorratsschränke auf, wenn du kein Geld mehr hast, weil ich den Gedanken nicht ertragen kann, dass du deswegen tagelang nichts isst. Manchmal lege ich dir auch Geld auf den Nachttisch.

Ja, das ist alles zu viel, weiß ich heute. Ich hätte dich öfter hängen und die Verantwortung für dein Leben in deinen Händen lassen sollen. Helfersyndrom klingt so schön niedlich, ist aber getarnte Übergriffigkeit, machen wir uns nichts vor. Mein Selbstwertgefühl nährt sich aus deiner Bedürftigkeit, und zwar irgendwann fast ausschließlich daraus. Insofern geben wir uns vielleicht nichts.

»Du bist wie eine Mutter«, klagst du, nur um mich wenig später doch wieder anzurufen und um dieses oder jenes zu bitten, mal weinerlich, mal schmeichelnd. Ja, verdammt, ich schreibe es noch mal, du bist: Wie! Ein! Kind! Was ist wessen Schuld? Wir sind doch Komplize und Komplizin in diesem kranken Spiel, oder nicht?

Damals zweifle ich wieder einmal an meiner Wahrnehmung. Dränge ich mich dir zu sehr auf? So war ich im Grunde nie. Oder? Tarek sagte immer, ich sei zu duldsam gewesen, hätte ihm viel zu viel Freiraum gewährt. Das lag in meiner Natur, ich ersticke ja selbst bei zu viel Symbiose. War zumindest immer so. Habe ich mich so sehr geändert? Tatsächlich dreht sich mein Leben ständig um dich.

Liegt das wirklich an mir? Ich klammere mich an nachweisbare Fakten. Kontrolliere mein Handy, werte die letzten 50 unserer Kontaktaufnahmen aus, um ein einigermaßen repräsentatives Bild zu bekommen. 39 Mal davon warst du es, der angerufen oder geschrieben hat. 39 Mal, verdammt! Die nächsten 50. Ein ähnliches Ergebnis, 37 diesmal. 76 Prozent. Ich lache bitter in mich hinein, und kurz packt mich auch damals die Wut, mein gesundes Rest-Ich zuckt also noch. Ich vereinnahme dich, ja? *Du* bist es doch, der ständig sagt, dass er mich brauche, der mich ständig zu sich bestellt, der mich durch die Nächte radeln lässt, um nicht allein zu sein, der sich mehrmals täglich meldet, wenn ich mal ein paar Tage weg bin, der sich an mich klammert, der mein Leben zu seinem macht. Der sich in Abhängigkeit zu mir begibt. Und dann wirfst du sie mir vor? Was soll das? Was zur Hölle soll das? Das ist so ungerecht!

Trotzdem ist natürlich was dran. Denn umgekehrt ist es nicht viel besser mit der Sucht: Ich sehne mich danach, von dir gebraucht zu werden und verwechsle das vielleicht mit Liebe. Kaum etwas kann mich in dieser Zeit daran hindern, für dich da zu sein, in kaum etwas anderem sehe ich einen Sinn. Umgekehrt fällt es mir schwer, etwas von dir anzunehmen, auch wenn du mich wieder und wieder bittest, etwas für mich tun zu dürfen. Aus einem Schuldgefühl heraus, unterstelle ich dir, und das ist sicher nicht ganz gerecht. Aber das, wonach ich mich am meisten sehne, wirst du mir sowieso niemals geben können: konstante Zuneigung. Ein bedingungsloses, stabiles »Ich stehe zu dir.«

Dann geschieht etwas Schlimmes: Jens kommt nach einem schweren Verkehrsunfall ins Krankenhaus, ob er durchkommt, ist ungewiss. Ich hatte diesen langjährigen Freund von dir bislang nicht erwähnt, weil er kein gemeinsamer von uns ist und mit unserer Geschichte nichts weiter zu tun hat. Doch er ist eine der wichtigsten Personen in deinem Leben.

Tag und Nacht wachst du an seinem Bett, zitterst um sein Leben. Zwischendurch betrinkst du dich, weinst, schreist, schlägst wieder einmal deinen Kopf gegen Betonwände, beginnst, in der Tram zu randalieren, wirfst deine Tasche in den Gang, prügelst auf die Sitze und Scheiben ein, aber ich halte dich fest, halte, halte, halte dich … So wie du ihn hältst, Jens. Dein Schmerz ist riesengroß. Hast du nicht schon genug durchgemacht? Ich bin für dich da, hörst du? Du musst da nicht alleine durch!

Irgendwie schreiben wir in dieser Zeit deine beiden letzten Arbeiten vor der Masterarbeit, wir werden mal wieder gerade so fertig. In der Redaktion drucke ich sie aus, dazu die Eigenständigkeitserklärungen, bringe sie dir vorbei zum Unterschreiben. Die Zeit eilt, heute Nacht müssen sie im Briefkasten stecken, du bist so betrunken, dass du kaum den Stift halten kannst. »Na komm, schon, nur die zwei, bitte, dann haben wir es geschafft …« Nach einer Weile gelingt es dir, etwas auf die Papiere zu krakeln. Ich hoffe, das passt, hefte die Arbeiten ab und nehme ein Taxi zur Uni und zurück, um so schnell wie möglich wieder bei dir zu sein.

Die Situation ist folgende, und es fällt mir sehr schwer zu beschreiben, was ich meine, weil ich fürchte, zu egoistisch zu klingen, zu unsensibel, zu hart: In Zeiten wie diesen, so denke ich, sollte es in einer Partnerschaft selbstverständlich sein, für sein Gegenüber da zu sein, sich selbst zurückzunehmen, der Trauer und Angst Raum zu geben. Deiner Trauer, deiner Angst. *Ich bin nicht so wichtig gerade, komm in meine Arme, weine, schreie, meine Probleme haben Zeit, auf die müssen wir nicht achten.* Wie kann ich das Aber formulieren? Nun, vielleicht ist es ganz einfach so: Es gibt da nicht mehr viel, was ich zurücknehmen kann. Und das ist vielleicht nicht der Todesstoß für unsere Nicht-Beziehung, aber doch ein weiterer Schritt, der uns dem Ende näher bringt.

Doch zunächst stirbt Jens.

»Ich habe seine Hand gehalten«, steht in der SMS, in der du mich darüber informierst. Und: »Ich hab' dich sehr lieb.«

Auf die Beerdigung möchtest du ohne mich, und ich respektiere deinen Wunsch, obwohl ich auch an diesem Tag gerne für dich da gewesen wäre. Aber du willst nicht mit mir gemeinsam auftreten, also heißt »für dich da sein«, mich mit dem Hintergrund abzufinden, damit, dich in den Nächten im Arm zu halten, wenn uns niemand sieht. Ich habe kein Recht, mich zu beschweren, es ist schließlich dein Verlust.

»Im Nachhinein hätte ich dich doch gerne dabei gehabt«, sagst du, und ich bereue, nicht insistiert zu haben. Wieder mal das Falsche getan. Oder? Wer weiß. Nun ist es eben, wie es ist.

Jens ist tot.

Du trauerst.

Ich lebe.

Und wir?

Kurz tauschen wir einmal die Rollen, zumindest versuchen wir es. Denn ich schreibe ein Theaterstück, werde es inszenieren, und du wirst mein Assistent. Das ist einer albernen Wette geschuldet, aber sei's drum. Du wirst mir helfen, nicht umgekehrt. Das wird uns beiden guttun, nicht wahr?

Irgendwie ja und irgendwie nein. Ich nehme zu viel von dir an und gleichzeitig zu wenig. Lasse mir ungern helfen, bin als Regisseurin aber zu wenig gefestigt und gebe dir viel zu oft das Ruder in die Hand, weil ich dich als Künstler so schätze. Vertraue meinem Text zu wenig, der dir etwas zu versponnen ist, zu abstrakt-intellektuell. Für die Bühne zu schreiben ist etwas völlig anderes als fürs Papier, das stimmt, das macht mich unsicher, und so lasse ich mich überzeugen, meinen Text durch ein wenig Slapstick aufzupeppen. Nicht dass es dem Stück schadet, sicher nicht, du hast ein Händchen für so was, allein – bleibt das mein Stück? Ich weiß es nicht, weiß wieder nichts, vertraue mir zu wenig.

Es ist schließlich leidlich gut besucht, weder ein Erfolg noch ein Scheitern, aber einige fragen mich später nach dem Text, wer den denn geschrieben habe, der sei gut. Mein Text! Mein Text hat doch funktioniert. Weil du ihn sichtbar gemacht hast? Weil er womöglich schon vorher gut war? Keine Ahnung.

Sind wir noch ein Team?

GEDANKENSPLITTER:
Warum schreibe ich das alles auf? Rache? Nein. Oder? Wer weiß. Ich kann nicht anders. Will belegen, dass es uns gegeben hat. Dass ich mir das nicht eingebildet habe. Will, dass etwas übrig bleibt von uns. Ein Stück Unendlichkeit. Worte. Liebe. Ach, vielleicht auch nur eine Krücke, gut möglich. Freischreiben will ich mich. Dir außerdem ein Denkmal setzen – ohne Sockel, versteht sich. Und doch, tatsächlich, in der vorsichtigen Hoffnung, dass du es mögen wirst, trotz allem. Wirst du?

Während ich an diesem Buch arbeite, erwähnst du manchmal, dass du dich geehrt fühlst, zur Romanfigur zu werden. Manchmal sagst du aber auch: »Ich wünschte, es würde nie geschrieben werden.« Was davon gilt, wenn du das hier liest? Es sollte mir egal sein. Und im Grunde weiß ich es ja: Beides gilt. Wie so oft. Beides. Und in diesem Fall verstehe ich dich sogar.

Noch mal nachgedacht. Doch, lass mich dazu stehen: Ich bin wütend. Es ist eine Abrechnung. Es ist eine Anklage. Ein Verzweiflungsschrei. Ein lächerlich unnützes »Versteh mich doch«. Und eine Liebeserklärung. Ich liebe dich immer noch.

Immer.

Noch?
Immer.
Und ich hasse das, was du mit mir gemacht hast.

Kapitel 21: EIN FEST

»Wir sind wie ein altes Ehepaar«, sagst du in letzter Zeit oft. Mal mit einem Lächeln, liebevoll, mal auch gepaart mit einem Vorwurf, denn was mitschwingt ist: Wir schlafen kaum noch miteinander. »Du bist wie eine Mutter zu mir. Als du noch deine Liebhaber hattest, warst du aufregender«, lautet eine andere Version der Kritik. Und: »Nie ergreifst du die Initiative.«

Doch, das tue ich. Manchmal wandert meine Hand zu dir herüber, streicht leicht über deine Hüfte, bis du dich so drehst, dass sie von deinem Körper rutscht. Dann gebe ich sofort auf. Gut möglich, dass du meine Intention tatsächlich nicht bemerkst, denn es fehlt mir an Raffinesse und Überzeugungskraft, ja, vermutlich auch an Sex-Appeal. Als ich noch meine Liebhaber hatte, hast du sie mir vorgeworfen. Und jetzt? Ich bin so erschöpft. Wahnsinnig erschöpft. Keine Spannung mehr im Körper. Keine in der Seele. Meine Rest-Energie brauche ich für die Texte, deine und meine, meinen Job und dein Studium.

Wir sind ein eingespieltes Team. Was auch immer du in den letzten Jahren geschrieben hast, habe ich begleitet. Es war anstrengend, wir mussten durch Löcher und Täler, aber wir hatten auch Spaß dabei. Haben diskutiert und uns für gelungene Formulierungen gefeiert. Freuten uns aneinander und hielten uns sicher ein ums andere Mal für wahnsinnig klug. Nun also das letzte Mal für die Uni. Tagsüber bin ich in der Redaktion, nachts diktierst du mir deine Masterarbeit. Driftest dabei manchmal ab, dann lenke ich deine Gedanken in Bahnen, willst manchmal aufgeben, dann pushe ich dich: »Aufgegeben wird am Tag der Abgabe, wenn überhaupt. Keine Sekunde früher.«

»Aber wir sind noch nicht mal bei der Hälfte. Es ist nicht zu schaffen.«

»Das werden wir ja sehen.«

Manchmal brauche ich länger im Büro, dann wirst du nervös und ich auch, wenngleich ich versuche, es zu verbergen. Du rufst mehrmals an und ich beruhige dich: »Schreibst du eben noch eine Weile ohne mich. Das kannst du!«

»Nein«, sagst du.

»Doch«, sage ich. »Ich gucke dann später drüber. Wir kriegen das schon hin.«

Du brauchst mich. Das gibt mir Halt. Solange du mich brauchst, bleibst du bei mir. Ich muss funktionieren, sonst verliere ich dich. Also: weitermachen. Niemals aufgeben. Fehlt mir Schlaf? Natürlich. Hat Zeit. Später dann. Habe ich noch Kraft? Weiß nicht. Ich muss. Es geht schon.

Stark sein.

Für zwei.

Ich kann das.

Fühlt sich gut an.

Erst mal.

Aber dann?

Verliere ich meine erotische Attraktivität. Du begehrst mich nicht mehr.

Ich bin wieder nicht genug.

Ich bin …?

Die Wahrheit ist: Ich habe keine Ahnung.

In mir ist kein Gefühl mehr für mich. Ich bin von Kopf bis Fuß auf … nein, nicht Liebe. Auf dich eingestellt. Immer nur dich. Du bist mein Zuhause. Meine Welt. Und wer bin ich? Eine verblasste Ahnung. Etwas, das mal war. Ein Regentropfen im Wind.

Doch da ist Hoffnung. Es wird vorbeigehen. Wir werden rauskommen aus dieser Blase, wieder zwei Menschen werden, die einander lieben. Wieder? Ach, was soll's. Nach der Abgabe sind wir frei. Nur noch ein bisschen durchhalten. Drei Tage danach wird es an deiner Uni ein Fest geben, erst ein schrill-buntes Musical, dann ein Fest, dort können wir lachen und tanzen und trinken, zusammen, gelöst, erleichtert, du und ich … wie früher mal.

Für den Endspurt habe ich mir ein paar Tage freigenommen. Natürlich wird deine Arbeit fertig. In beinahe letzter Minute, aber pünktlich geben wir sie ab, danach sitzen wir mit Freund*innen an der Isar, springen auch mal hinein, trinken Bier und reden. Ich bin 39 Jahre alt und zum ersten Mal in meinem Leben gelingt es mir, eine Flasche mit einem Feuerzeug zu öffnen. *Yeah, baby!* Der Tag ist sonnig und schön.

Auch im Uni-Theater am Donnerstag darauf ist es schön, ich singe von meinem Zuschauerplatz aus beim Musical mit, singe und tanze und trinke, du sitzt neben mir und lächelst mich an. Ich bin so was wie glücklich, glaube ich. Weiß nicht genau. Doch, ja. Als der Applaus verebbt, läufst du zu deinen Freund*innen, ich hole neue Getränke, das Fest kann beginnen …

Was soll ich sagen? Den Rest des Abends bist du verschwunden. Hin und wieder sehe ich dich in der Ferne mit den anderen lachen, mal knutschst du mit dem einen Mädchen, mal fährst du dem anderen durchs Haar, mal klebt deine Hand am Hintern eines dritten. Einmal begegnen wir einander zufällig an der Bar, der Junge dahinter kennt dich, wundert sich aber, dass auch ich weiß, wer du bist. Denn nichts deutet darauf hin, dass wir zusammengehören, kein Lächeln, kein Blick. Du nickst mir zu wie einer flüchtigen Bekannten und machst dich wieder davon. Ein kleiner Kuss wäre schön gewesen. Deine Hand auf meiner Schulter, ganz kurz, aber zärtlich. Oder zwei Minuten Gespräch.

Ich schlucke meine Traurigkeit herunter, dazu braucht es nicht mal viel, so gewohnt bin ich es schon, so routiniert bin ich dabei. Es ist *sein* Fest, sage ich mir, lass ihn feiern, es war *sein* Studium, es sind *seine* Leute, und überhaupt, ich kann auch alleine Spaß haben, ich tanze, ich trinke, ich unterhalte mich mit der Mutter einer Studentin, die nur wenige Jahre älter ist als ich. Ich bin erwachsen. Wer bin ich, dass ich dir hinterherlaufe? Nein, das tue ich nicht. Und ja, wir gehen schließlich zusammen heim. Was also beklage ich mich? Abende, an denen du durch mich durchguckst und andere Frauen knutschst (wobei das Durchgucken der weitaus schlimmere Part ist), sind mittlerweile normal für mich, und so kommt der Schmerz auch diesmal zeitversetzt, aber im Nachhinein denke ich, dass bei dieser Party der letzte Rest Hoffnung in mir stirbt, und dass alles, was danach noch zuckt, nur Illusion ist, ein Huhn mit abgeschlagenem Kopf, das noch ein paar Schritte läuft.

Am nächsten Tag sage ich dir, wie mich dein Verhalten verletzt hat. Dass ich mir nichts habe anmerken lassen, weil ich mir eingeredet habe, es sei eben dein Fest, dein Uni-Abschluss, dein Leben, da habe ich mich als Außenstehende ein wenig zurückzuhalten.

»War ja auch so«, sagst du.

Ach!

Ich habe während der letzten beiden Jahre jede deiner Uni-Arbeiten begleitet. *Jede!* Habe aufgeschrieben und korrigiert, was du mir diktiert hast, mit dir Absätze und Kapitel diskutiert, habe dir Bücher aus der Bibliothek am anderen Ende der Stadt besorgt, habe dich gehalten, wenn du gezittert hast, dich angetrieben, wenn du aufgeben wolltest, habe in der dunklen Zeit deinem Dozenten gemailt und um Aufschub gebeten, habe dafür gesorgt, dass deine Arbeiten pünktlich im Uni-Briefkasten landen, wenn du zu betrunken oder verzweifelt warst, um aus dem Haus zu gehen. Ich war da, verdammt! Dein ganzes, verficktes Masterstudium lang war ich da!

Aber es war nicht mein Fest? Nein? Nicht eine Sekunde an deiner Seite habe ich dort verdient? Was bin ich für dich? Ein unterstützender Roboter, den du nach Gebrauch zur Seite stellen kannst?

Nicht mein Fest.
Nicht mein Leben.
Nicht deine Freundin.
Nichts.

GEDANKENSPLITTER:
Manchmal frage ich mich, ob ich so viel besser bin als du. Zu Beginn dieses Buches schrieb ich von harten Fassaden, die ich zum Bröckeln bringen möchte. Das ist mir bei dir gelungen. Habe ich dadurch auch dich gebrochen? Nein, möchte ich mich routiniert verteidigen, ich habe nur dein wahres Selbst zum Vorschein gebracht, das verletzte Kind. Wie vermessen von mir! Hat nicht jeder Mensch

ein Recht auf den Schutzwall seiner Wahl? Und ist der nicht ebenso wahr wie alles dahinter?

Kapitel 22: ABSCHIED

Eine Woche später ist Lilian in der Stadt, deine Ex-Freundin, zweimal wird sie mit einem kleinen Soloprogramm in der Bonbina auftreten, donnerstags und freitags. Am Donnerstagabend bin ich von der Arbeit erschöpft und überlege vorbeizugucken, du wirst da sein, das weiß ich. Und noch etwas ist mir klar: dass du mit ihr schlafen wirst, wenn ich nicht komme, dass sie bei dir übernachten wird. Ich weiß es so sicher, dass mir beinahe schlecht wird, so angeödet bin ich von den immer gleichen Mustern und eurer Durchschaubarkeit. Deiner vor allem. In mancher Hinsicht bist du sprunghaft, in anderer ein offenes Buch, zumindest für mich. In diesem Fall Letzteres. Also soll ich? Ich brauche Schlaf, ich habe keine Lust auf Menschen, würde nur deinetwegen kommen, und das wäre bis vor Kurzem Grund genug gewesen für alles, aber heute sage ich mir: *Was soll's, will ich das wirklich: dass er* nicht *mit ihr schläft, bloß weil ich anwesend bin? Damit er mir am Ende wieder mal vorhält, was ich ihm alles vermassle: »Immer bist du da …«* Nein, heute nicht. Und wer weiß, vielleicht überraschst du mich ja.

Hörst du mich lachen? Natürlich tust du das nicht – mich überraschen. Es kommt genau so, wie es ich vermutet, ach was, wie ich es gewusst habe. Das erfahre ich am nächsten Abend, nach der Aufführung, als wir draußen mit Wein im Gras sitzen und du mir lapidar erzählst: »Ich hab' mit Lilian gefickt.«

Ach was. Obwohl mir das klar war, bin ich enttäuscht. Enttäuscht von der Banalität der Geschichte, enttäuscht davon, wie großkotzig du deine eigene Berechenbarkeit feierst. Ich kann nicht anders, als drauflos zu ätzen, wie sehr du mich langweilst, wie klar mir war, dass du so und nicht anders handeln würdest.

Es ist nicht mal ein allzu böser Streit, der folgt, für unsere Verhältnisse zumindest, nur ein sehr deutlicher. Ich will nicht mehr, spüre ich relativ klar, so geht das nicht weiter, diese ewig gleichen, lächerlichen Spiralen … Dieses Verfügbarsein, wenn es dir passt. Das Stummsein, wenn du mich gerade nicht brauchst, damit ich mich ja nicht wieder deiner Verachtung aussetze – ich kann das nicht mehr, und das sage ich dir.

Da stehst du auf und pflückst mir einen kleinen Blumenstrauß, den ich stumm annehme, nicht wissend, ob ich lachen oder weinen soll. Wieder einmal blickt mich durch deine betrunkenen Augen ein Vierjähriger an, ein kleines Kind, das sich nichts sehnlicher wünscht als: »Lass mich in deine Arme und hab' mich lieb.« Wie soll ich da kalt bleiben, wie kann ich dich wegstoßen in solch einem Moment? Aber ich muss ja. Muss! Oder? Ich bringe keinen Ton heraus. Wir sehen einander an. Du versuchst zu lächeln, ganz vorsichtig. Ich ziehe meine Mundwinkel kurz nach oben. War es das? Habe ich nicht vielleicht doch noch Kraft? Was ist schon passiert? *Ich kann doch nicht wegen so was …* Wir haben doch weiß Gott schon Schlimmeres geschafft … *Halt mich … Nein! Lass mich … Nein!* Wohin soll das führen, verdammt noch mal? Wohin?

Ich bleibe erst mal kühl, wenn auch nicht wirklich abweisend. Irgendwie neutral, nach außen hin. Muss mich sammeln. Ein Leben ohne dich wäre eine Katastrophe, aber ein Leben mit dir ist es ja auch. Lass mich hier im Gras liegen und an den Himmel starren, bis alles vorbei ist, bis von irgendwoher eine Lösung kommt.

Ich kann nicht mehr. Worauf noch hoffen? Alles tausendmal erlebt. Jeder Splitter Glück hat seinen Preis, und meine Taschen sind längst leer. Vielleicht kann ich noch etwas zusammenkratzen, von irgendwoher? Dieses und jenes verkaufen, mein Fühlen, mein Denken, mein Leben, für noch ein paar weitere Sekunden mit dir? Ja, nein, vielleicht?

Schließlich Aufbruchstimmung.

»Kommst du mit zu mir?«, fragst du vorsichtig.

Hm. Ich nicke. »Bin aber mit dem Fahrrad da.«

Du mit der U-Bahn. Treffen wir uns also in etwa 20 Minuten bei dir.

Als ich bei dir ankomme, du mich hineinlässt, merke ich, wie mich der Raum bedrückt, wie ein Gefängnis fühlt er sich an, *was tue ich hier, was* … Du stehst am Fenster, rauchst, merkst, dass etwas nicht stimmt, dass doch noch nichts wieder gut ist, wie du vielleicht gehofft hattest nach meiner Einwilligung, dir zu folgen. Bist du genervt? Traurig? Wütend?

Wir starren einander an.

»Ich kann nicht«, sage ich.

»Warum?«, fragst du. »Wegen Lilian? Ist das jetzt echt plötzlich so schlimm?«

»Das ist es nicht.«

»Was denn dann?« Jetzt beginnt deine Stimme zu zittern. Du bemerkst den Ernst der Lage.

Ich ringe nach Worten. Finde keine. Fange an zu weinen, was sonst. »Ich kann das nicht mehr. Das alles.«

»Was meinst du?«

»Ich gehe.«

Du fragst nicht, ob ich für heute meine oder für immer, weil das für dich ohnehin dasselbe ist. Jedes Verlassenwerden ist groß und unerträglich. Du lebst im Moment. Vielleicht spürst du auch, dass es diesmal wohl kein Zurück mehr gibt.

Merkst du etwas?

Ja: Ich schreibe trotz allem »wohl«.

Tja.

Trotzdem: Es ist vorbei.

»Okay«, flüsterst du. »Aber …« Und dann sagst du einen dieser Sätze, die sich einbrennen in mir, die mich bis heute weinen lassen, wenn ich daran denke. Leise, hilflos: »Ich hab' dir doch Blumen gepflückt.« Deine Augen dabei! Die Unterlippe. Wie du da stehst mit hängenden Schultern. Der kleine Luis, verzweifelt.

Ich lasse mein Baby im Stich.

Mein Baby, das mich braucht. Mein Baby, das nackt im Schnee liegt und weint. Das seine Ärmchen ausstreckt nach mir, die sich umdreht, die Ohren zuhält, das Flehen nicht mehr erträgt. Die geht.

Ich.

Lasse.

Mein.

Baby.

Im.

Stich.

Was bin ich nur für ein Mensch?

Zitternd schließe ich auf der Straße mein Rad auf. Du wohnst Hochparterre, öffnest das Fenster, bittest noch einmal leise: »Bleib doch!«, und als ich den Kopf schüttele, wirfst du mir einen schwarzen Kunstlederbären aus dem Fenster, den ich mal als Werbegeschenk bekommen habe und den wir kichernd SM-

Bär genannt hatten. Es folgen die Blumen, die du mir heute gepflückt hast, du wirfst sie auf den Asphalt, wir weinen beide, dann schließt du das Fenster und ich sammle alles zusammen.

Ich besitze sie bis heute, die vertrockneten Blüten und Blätter, zu denen das Sträußchen von damals geworden ist.

Am nächsten Tag besuchst du eine Party, auf die wir gemeinsam gehen wollten, es sind eher deine Freunde, die sie veranstalten, und so bleibe ich daheim. Um Mitternacht rufst du mich an, sagst, dass du dort im Treppenhaus sitzt und alles nicht mehr erträgst, wobei unklar bleibt, ob du das Fest meinst oder unsere Trennung oder das Leben. Aber du bittest mich nicht, zu dir zu kommen in dieser Nacht. Etwas ist anders diesmal.

Kapitel 23: NACHSCHLAG

Niemand erinnert sich, woher Reiner plötzlich gekommen ist. Mit einem Mal ist er da – in der Bonbina, im Affentheater, überall, er gehört einfach zur Off-Kultur-Szene, als wäre es schon immer so gewesen. Ein hübscher, angenehmer Kerl, sehr jung, erst Anfang 20, du magst ihn gern, ihr freundet euch an.

Du und ich, nun ja, ganz aus dem Weg gehen können wir einander nicht, wir sind Zuckerkinder, wir halten die Bonbina mit am Laufen, Abendkasse, Bar, ein paar kleinere Arbeiten hier und da. Uns gelingt ein einigermaßen höflich-distanzierter Umgang miteinander, der von vielen Seiten beäugt wird: »Wie geht es dir, wenn Luis auch da ist, ist das okay?« Solche Fragen. Ich zucke mit den Schultern. Es geht so gut, wie es eben muss. Aber die Wunden sind offen, ist leider so.

Eines Nachts sitzen wir zusammen in der Bonbina, Reiner, Scharsad, du und ich. Die Abendveranstaltung ist lange vorbei, wir trinken Wein und philosophieren so vor uns hin. Deine und meine letzte und vermutlich endgültige Trennung ist etwa zwei Monate her. Sagt man Trennung, wenn es offiziell nie eine Beziehung war? Was soll's. Also Trennung, und nun sind wir hier, als Ex-Wasauchimmer.

Jemand schlägt vor, Flaschendrehen zu spielen. Ein paar kleine Albernheiten, Fragen und Aufgaben, dann bist du an der

Reihe, sollst jemanden aus der Runde küssen, ich blicke auf den Boden, aber du wählst mich.

So spüre ich also deine Lippen, deine Zunge ein letztes Mal.

Dann eine Komplimente-Runde, jede*r von uns soll allen anderen etwas Nettes sagen. Zu mir sagst du: »Du hast mich zu einem besseren Menschen gemacht« und blickst mich lange an.

Habe ich?

Ist das noch wichtig?

Ich lächle. Freue mich.

Dann geht es wieder ums Küssen, die Flasche bestimmt, dass ich Reiner knutschen soll. Weil er so jung ist und die Situation so absurd, habe ich Hemmungen, frage ihn: »Ist das okay?« Er nickt, also tun wir es. Kurz und schön.

Ich kann deinen Blick nicht deuten danach, aber du siehst mich lange an. Scharsad wird mir später erzählen, du habest nicht hingucken können während des Kusses. Aber was bringt es, darüber nachzudenken.

Wenige Wochen später im Affentheater: Du bist mit einer jungen Frau dort, Anouk, ihr wirkt wie ein Paar, aber ganz sicher bin ich mir nicht. Der Abend verstreicht ohne weitere Vorkommnisse, ich bemühe mich um lockeres Parlieren und versuche, nicht zu viel in eure Richtung zu blicken. Doch dann sitzen wir im Kreis mit Reiner, Samuel und ein paar anderen, du holst dir ein Bier an der Bar und gehst zu Anouk, streichelst ihren Nacken, küsst ihre Schläfe, ganz zärtlich und federleicht, ich sitze etwa einen Meter davon entfernt und ertrage die Vertrautheit dieser Geste nur schwer. Entschuldige mich bei Reiner, der neben mir sitzt, und gehe nach hinten in den Raum, wo Scharsad mit einem anderen Grüppchen sitzt, klinke mich ein ins Gespräch.

Doch es hilft nichts, etwas ist in mir passiert, eine Schleuse hat sich geöffnet, ich spüre buchstäblich das Blut in meinen Adern rauschen und meine das nicht im übertragenen Sinne, es ist eine vollkommen physische Erfahrung, ein heißer, wilder Strom in meinen Armen und Beinen, in meiner Brust und in meinem Kopf, ein Strom, der mich mitreißt und schleudert, ich verliere die Kontrolle und sehe gleichzeitig ganz klar. Scharsad will mich überreden zu gehen, als sie meine Emotionen bemerkt. Aber es ist zu spät. Festen Schrittes gehe ich auf dich zu und schlage dir mit der flachen Hand ins Gesicht.

Du bist ehrlich erschrocken, wer könnte es dir verdenken: »Wofür war das denn jetzt?«

Die anderen sind entsetzt. »Hat die dich geschlagen?«, höre ich hinter mir Anouk rufen.

Hat sie. Also ich.

»Für die letzten drei Jahre«, antworte ich dir und haue dir noch eine runter. Und wieder fühlt es sich richtig an, ich kann es leider nicht leugnen. Befreiend. Berauschend, auf eine gute Art. Als hätte ich ein Stückchen verlorengeglaubte Kraft gefunden. Die Drama-Queen-Attitüde hätte ich mir sparen können, das ja, das Publikum hätte es nicht gebraucht, aber die Schläge selbst, die taten mir wieder einmal gut. Es ist zum Kotzen, ich weiß. Aber Schönreden hilft nicht.

Später erzähle ich dir, was der Auslöser war – diese zärtliche, kleine Geste: »Genau vor meinen Augen!«

»Das war doch keine Absicht! Ich habe nicht gemerkt, dass du so nah dabei warst«, sagst du. »Da habe ich nicht drauf geachtet.«

Das wird der Wahrheit entsprechen, daran habe ich keinerlei Zweifel. Es dauert ein paar Tage, bis ich realisiere, dass das ja seit jeher das Problem ist zwischen uns: Du achtest nicht auf mich. Achtest mich nicht. Insofern waren meine erneuten Ohrfeigen nichts anderes als ein lauter Schrei: »Ich bin da, verdammt! Nimm mich wahr, nimm mich ernst!« Nicht, dass es das so viel besser macht. Ich will nur begreifen.

Dann eben du und Anouk.

»Er hat ja jetzt eine Freundin …«, erwähnt einige Wochen später Lilian im Gespräch.

Sofort horche ich auf. Mein wunder Punkt. »Hat er sie so genannt?«

»Schon«, sagt Lilian.

Wir sind in der Bonbina, auch du bist da. »So, Anouk ist also deine Freundin, ja?«, gifte ich dich an. »Dann herzlichen Glückwunsch, das ging ja schnell.«

»Was? Herrgott, das ist mir so rausgerutscht.«

Immerhin. »Also ist sie's nicht?«

»Nein. Ja. Doch. Meine Güte, was geht es dich an!«

Nichts natürlich.

Alles.

So rausgerutscht.

Herrje, immerzu dieselbe Leier, nur in Variationen.

Niemals war ich etwas Besonderes für dich, sage ich mir. *Niemals. Ich sollte froh sein, dass es vorbei ist.*

Aber natürlich bin ich das nicht.

Anouk nimmt Kontakt mit mir auf, will mich kennenlernen. Wir schreiben eine Weile hin und her. Ich würde ihr so gern alles erzählen, würde so gern alles von ihr wissen, aber ich reiße mich zusammen, bin vernünftig, schreibe erwachsene Dinge wie

»Ihr beide sollt eure eigene Geschichte entwickeln können« und plaudere so gut wie nichts aus. Erwähne nur mal kurz, dass es etwas »schwierig« war zwischen uns. Meine Zurückhaltung ist zum einen tatsächlicher Vernunft geschuldet, emotional war ich im Zusammenhang mit dir schließlich oft genug, zum anderen möchte ich Anouk kein Futter liefern, das das Bild einer verlassenen Irren komplettieren könnte, welches sie im Affentheater womöglich von mir bekommen hat. Und wer weiß, was du ihr von mir erzählst.

Mein Freundeskreis versteht nicht, dass ich auf ihren Wunsch eingehen und sie treffen möchte. »Spinnt die? Was soll das? Das musst du dir nicht geben!« Aber ich bin so, Konfrontation ist mir lieber als nicht zu wissen, woran ich bin. Auch ich behalte gern die Kontrolle, erinnerst du dich? So unähnlich sind wir einander da nicht, wir ziehen nur verschiedene Schlüsse: Du mauerst und verstummst, während ich mich öffne, zumindest bis zu dem Grad, der mir einen Blick hinter die Kulissen beschert und mich unantastbar macht. Wer sich verletzlich zeigt, weckt seltener Aggressionen, wird seltener verletzt, ein paradoxes Schutzschild, schon mal ausprobiert?

Anouk und ich beschließen, dich als Thema weitgehend auszusparen. Wir treffen uns abends in einer meiner Lieblingskneipen, dem Blauen Salon, dort, wo du und ich einst Silvester gefeiert haben, erinnerst du dich? Tatsächlich sprechen wir kaum über dich, nur über uns, es ist ein nettes Gespräch, nicht mehr und nicht weniger. Zu einer kleinen Irritation kommt es nur einmal kurz, als der Ex-Mann meiner Freundin Feli den Raum betritt, mich beim Small Talk nach dir fragt, immer wieder nachhakt und meine Versuche, das Thema abzublocken, partout nicht versteht.

»Na ja, das war schon heftig mit euch, was?«

Ich nicke.

Anouk schweigt.

Warum schreibe ich von dieser Begegnung? Sie hat letztlich keine Bedeutung für uns, nach wenigen Monaten ist deine Affäre mit Anouk vorbei. Vielleicht darum: Du sollst hier schwarz auf weiß nachlesen können, wie wichtig es mir ist, zu wissen, woran ich bin. Nicht in der Luft hängengelassen zu werden. Ich hasse es, auf meine Fragen keine Antworten zu bekommen und sehe den Tatsachen lieber ins Auge als mir Phantome zusammenzufantasieren. Merk dir das. Ich komme demnächst noch mal darauf zurück.

Ab Dezember nähern wir uns wieder an, nur freundschaftlich diesmal, zumindest an der Oberfläche, in mir aber brodelt es weiterhin, und manchmal sage ich dir das auch. Wir kaufen zusammen Weihnachtsgeschenke für unsere Familien wie schon in den Jahren zuvor. Und ich übernehme wieder einmal die Co-Autorinnen-Rolle und Regieassistenz für ein Theaterstück von dir, eine performative Aufarbeitung der Haarmann-Morde aus den 1920er Jahren. Reiner und Samuel spielen mit, außerdem Wolli, eine Seele von Mensch, der den Serienkiller zum Schaudern eindrucksvoll verkörpert. Kurz vor Beginn der Proben schmeiße ich beinahe hin, nach einem erneuten Streit mit dir, der aber nur noch von Verzweiflung geprägt ist, kaum noch von Wut. Was tue ich hier Dämliches? Abstand wäre die einzige Lösung, das weiß ich, das wissen wir. Oder? Aber noch kann ich das nicht. Und du? Verdrängst, nehme ich an.

Und so nehme ich mir ein Beispiel an dir, wir wollen einander ja irgendwie behalten, beide, ein letzter Versuch also: ziemlich beste Freunde. Das Stück wird heftig. Brutal und poetisch, manche Zuschauer*innen halten es kaum aus, andere sind hin und weg. Nur am Dernièrenabend läuft einiges schief. Ich fahre das Licht, du bist für den Ton verantwortlich, warst aber bereits am Nachmittag so betrunken, dass du deine Einsätze verpasst, und mir gelingt es nicht, sie zu retten. Sei's drum. Alles in allem dennoch ein Erfolg.

Und dir eine Lehre, wenn man so will. In deiner Alles-oder-nichts-Welt schaltest du den Alk-Schalter mal wieder auf Nichts, hörst erneut komplett mit dem Trinken auf und beginnst stattdessen zu trainieren. Dein Muskelaufbau wird zur Obsession. Hatten wir das nicht schon mal? Aber gut. Besser so, obwohl ich mir da nicht mehr sicher bin. Ist nicht letztlich ein Extrem so ungesund wie das andere? Ich sehne mich nach Normalität, aber unsere Verabredungen werden seltsam. Wir gucken Filme, und in den Werbepausen machst du Liegestützen, Zeit für die inspirierenden Gespräche von einst bleibt da nicht mehr viel. Also widme auch ich mich dann gleichzeitig irgendwelchen Pilates-Übungen, ohne große Lust, nur um noch einen letzten Rest Gemeinsamkeit zu retten. Welch absurdes Trauerspiel. Oder eine Komödie? Ja, vielleicht auch.

Und doch gibt es rührend schöne Momente. So nehmen wir etwa mein surreales Theaterstück noch mal auf beziehungsweise eine überarbeitete Version davon. An meinem 40. Geburtstag im Frühling hat es in der Bonbina Premiere. Beim Schlussapplaus singt das Publikum ein Geburtstagsständchen, Reiner und Samuel übergeben mir unglaublicherweise die Hörfassung meines einige Jahre alten Romans – tatsächlich haben sie Monate daran gesessen, um ihn einzulesen! Du hast davon gewusst und freust dich nun über mein Strahlen. Und dann bist da du mit dem mehrstöckigen, herzförmigen Schokokuchen, den du mir gebacken und mit bunten Zuckerblumen und Streuseln verziert hast. Eine Hippietorte für mich, das bunte Flatterwesen, von dir, dem Meister der Dunkelheit. Das bisschen Kitsch darf an dieser Stelle sein, oder?

»Ich hab' dich so lieb«, flüsterst du mir bei der langen Umarmung ins Ohr, und ich spüre, dass du das genau so meinst.

Für den Moment!

»Er liebt dich«, das sagen mir plötzlich viele, auch die, die mich früher wegholen wollten von dir. Wir schicken einander Nachrichten mit Herz-Kussmündern, gehen sehr vorsichtig miteinander um in den kommenden Wochen, so vorsichtig, dass es manchmal schon albern wird und uns zum Lachen bringt:

»Alles okay, geht es dir gut?«

»Klar, alles gut. Und dir?«

»Ja. Ist wirklich alles okay?«

»Ja, Herrgott, ich bin nicht aus Zucker!«

Und dann gemeinsames Kichern.

Dabei bin zumindest ich es ja wirklich noch. Schmelzbar wie Zucker, zerbrechlich wie Porzellan.

»Hey,« möchte ich meinem Ich aus dieser Zeit zurufen, »genieß die Zeit im Schutzanzug, genieß es, dass er auf dich Rücksicht nimmt, die nächsten Angriffe warten schon! Bald wird er dich wieder in offene Messer laufen lassen, poliere die deinen, mach dich bereit für den nächsten Kampf!«

Aber ich will ja nicht kämpfen.

Nur hoffen.

Immer noch.

Doch gleichzeitig gelingt mir immerhin ein wenig Emanzipation von dir. Ich will mich auch mal an einer Performance versuchen, scheiß drauf, dass ich mittlerweile 40 bin, kein Alter mehr, in dem man so was normalerweise neu ausprobiert. Doch ist das hier wirklich Emanzipation? Performance ist dein Metier. Andererseits habe ich ebenfalls Theaterwissenschaft studiert, lange, sehr lange vor dir. Ich stand zumindest auf Bühnen und habe mich theoretisch mit verschiedenen Darstellungsformen auseinandergesetzt. Ist nicht so, dass du mir eine komplett neue Welt eröffnet hast, dass ich nicht auch ohne dich auf die Idee hätte kommen können.

Die erste Performance, die ich mir ausdenke, ist dennoch stark von deinen Bildern geprägt, ich möchte dich mit einbeziehen, eine Abschiedsperformance soll es werden. Gerne hätte ich schon vorher mal etwas mit dir ausprobiert, etwas mit Seilen und kunstvollen Fesselungen, das liegt dir besonders, und ich war von solchen Bildern schon als Teenie fasziniert. Oft erzählte ich dir davon, in der Hoffnung, du hättest vielleicht mal eine Idee, die du mit mir umsetzen kannst. Stattdessen gab es immer wieder Situationen, in denen du mir mit leuchtenden Augen erzähltest, welche junge Frau du diesmal fesseln würdest. Mit jedem Mal wurde mein Lächeln gequälter, mein Hinweis auf mich selbst zaghafter. Irgendwann wurde ich stumm. Vielleicht hätte ich dich klarer darauf festnageln sollen: Mach das mal mit mir! Aber ich hatte ja im Kopf, dass ich dir nicht genüge, und so glaubte ich, auch in diesem Punkt einfach nicht gut genug für dich zu sein. Wie man das so verinnerlichen kann, was? Du hast ganze Arbeit geleistet, und ich habe zugelassen, dass du mich brichst.

Doch lass mich nicht nur weinerlich, sondern auch gerecht sein – vielleicht hätte ich mich einfach nicht getraut. Ein Grund, mich nie in Betracht zu ziehen? Auch die anderen waren doch Anfängerinnen, wenngleich deutlich jünger als ich. War das der Unterschied? Oder hast du mein Zögern gespürt, meine Angst, wolltest mich schützen? Warst mit mir vorsichtiger als mit den anderen, weil du mich liebtest? Völlig unvorstellbar ist das nicht.

Einmal sprechen wir über Performances wie die deinen, in denen man körperlich an seine Grenzen geht. Du überlegst laut: »Ich glaube, du wärst dabei unglaublich emotional.«

Wahrscheinlich hast du recht. Trotzdem: Ich hätte mir gewünscht, dass du mir das zutraust. Dass du das gegebenenfalls mit mir aushältst. Dass du auch mich mal auf eine solche Reise mitnimmst, nicht immer nur die anderen.

Doch vielleicht ist es besser so. Meine erste Performance wird mein Werk sein, nicht deines. Der Versuch einer Befreiung. Ich plane etwas mit Knochen und Brüsten, einem langen Mantra, und ganz ehrlich, im Nachhinein, jetzt beim Aufschreiben, denke ich, dass es ein peinliches Konzept ist, auch wenn ich mich nicht traue, das Dokument dafür zu suchen und zu öffnen, ich will die Erinnerung im Unklaren lassen. Du bist am Schluss für ein Abschiedsritual eingeplant, ich frage dich, ob du dabei wärst.

Vielleicht hast du einfach keine Lust auf das Ganze, vielleicht aber ist es auch ein Zeichen, dass diese unsere vorsichtigsten Wochen doch zu unseren gesündesten, besten gehören, denn du sagst: »Natürlich mache ich mit. Aber denk noch mal drüber nach – willst du nicht lieber etwas wirklich Eigenes zeigen?« Und das ist, ganz ehrlich, ein kluger und liebevoller Vorschlag. Insofern: danke.

Meine erste Performance wird schließlich ganz anders als die deinen. Es wird auch nicht meine, sondern unsere: Wir sind zu dritt, zwei sehr viel jüngere Frauen aus meinem Freundeskreis und ich, wir drei konzipieren ein feministisches Happening, ein buntes »Wahrheit oder Pflicht«-Spiel zum Thema »Weiblicher Körper – weibliche Seele«. Du bist raus.

GEDANKENSPLITTER:
Beim Titel dieses Romans schwanke ich zwischen »Der Künstler« und »Feuerwerkskörper«. Eine Freundin schreibt mir ihre Überlegungen dazu, Nora, die mit dem Flieder damals, erinnerst du dich? Der zweite Titel schließe mich selbst mehr ein, erzähle von Leidenschaft und Gefahr. Der andere drücke eher Fremdheit und Distanz aus, außerdem eine Bewunderung der Erzählerin gegenüber der Titelfigur, ein Aufschauen. Ich werde wohl den zweiten wählen. Denn, das hatte ich fast vergessen, auch ich bin doch Künstlerin, oder etwa nicht?

GEDANKENSPLITTER:
Gefühle und Gedanken beim Lesen von Büchern über seelische Gewalt (Borderline, Narzissmus, Soziopathie):

1) *Krass, diese und jene Situation habe ich beinahe exakt so erlebt – wie erschreckend!*
2) *Krass, diese und jene Situation habe ich beinahe exakt so erlebt – wie beruhigend! Ich bin nicht allein.*
3) *Immerzu dieselben Muster, überall. Ich müsste verrückt sein, wenn ich glaubte, unsere Liebe sei etwas Besonderes.*
4) *Ich bin verrückt.*

Kapitel 24: OFFENE MESSER

Du bist raus aus meiner Performance, aber du unterstützt mich. Wir sind sehr lieb zueinander in diesen Wochen, auch Gespräche finden wieder statt. Im Mai wird es einen großen Performance-Abend in der Bonbina geben, an dem wir uns beide beteiligen. Lena, Despina und ich mit unserem Feminismus-Spektakel, du mit zwei Beiträgen. Zum einen bist du der Regisseur einer kunstvollen Performance von Reiner und Emily. Letztere ist eins der Zuckermädchen aus der Bonbina, jung, schlau und hübsch, eine Weile verband sie eine komplizierte On-off-Liaison mit Samuel. Mit Reiner wird sie an Seilen von der Decke hängen, die beiden werden einander in tänzerisch-kraftvollen Bewegungen finden und wieder verlieren. Außerdem wirst du gemeinsam mit Lilian performen, deiner Ex-Freundin, sie habe dir als Basis eine Geschichte geschickt, über euch beide, du wirkst ein bisschen gerührt, als du mir davon erzählst. Damit habe ich kein Problem, mit der Zeit habe ich Lilian durchaus liebgewonnen.

Dann lädst du uns drei, Lena, Despina und mich zu einem Abendessen ein. Wir könnten unsere Performance besprechen, du würdest uns unterdessen etwas kochen. Das kannst du bekanntlich gut, und du scheinst dich in diesen Tagen ein wenig einsam zu fühlen. Wir sagen gerne zu, ich freue mich auf den Abend.

Erst ist es tatsächlich schön, einige Stunden lang. Wir quatschen und essen, du schenkst uns Wein ein, von dem du selbst nichts trinkst, denn du bist in einer deiner nüchternen Phasen. So hätte der Abend ausklingen können, doch gegen elf Uhr abends erhältst du einen Anruf, und danach verkündest du, dass noch ein weiterer Gast zu uns stoßen wird: Bea. Mir wird schwindlig. Bea war weggezogen, mir war bis eben nicht klar, dass sie wieder in der Stadt ist, geschweige denn dass ihr Kontakt habt. Natürlich muss das nichts bedeuten, warum sollte nicht eine Bekannte vorbeikommen, kein Problem, aber ich spüre, dass es eben doch etwas bedeutet. Intuition? Deine Blicke? Ich weiß es nicht. Sie wird die Nacht bei dir verbringen, das ist mir klar. Wieder einmal zerbricht etwas in mir. Warum tust du das? Lädst uns ein, lässt mich auf den schönen Abend freuen, lässt mich hoffen, dass wir einen Weg finden, um einander nahe zu bleiben, zumindest freundschaftlich, um mir dann zum Dessert ein Messer in die Brust zu rammen? *Überraschung: Schau mal, mit wem ich wieder schlafe!* Kapierst du nicht, wie weh mir dieser Moment tut? Hättest du nicht etwas andeuten können? Mich ein wenig auf diese Situation vorbereiten? Wahrscheinlich kapierst du es wirklich nicht. Vielleicht habe ich kein Recht auf dieses Gefühl, diese verzweifelte Ohnmacht.

Dann klingelt es.

»Wer ist Bea?«, fragt Despina, während du zur Tür gehst, um deiner Besucherin zu öffnen. Hat sie mein Zittern bemerkt?

»Die einzige Frau, auf die ich jemals wirklich eifersüchtig war«, antworte ich tonlos. Kurz sage ich »Hallo« zu ihr, dann entschuldige ich mich und gehe auf die Toilette. Durchatmen. Kleines Aufschluchzen. Weinen. Schnell, kurz. Maskengesicht. Nur nicht die Fassung verlieren jetzt!

Zurück an den Tisch, ich lächele gequält. Eigentlich hatten wir vor, unsere Performance noch einmal durchzugehen, aber nun winkt Lena ab: »Lassen wir's für heute.« Später wird sie mir sagen, dass sie mir das in dem Moment einfach nicht antun wollte. Sie habe gemerkt, wie schwach ich mich fühlte, außerdem sei ich angetrunken gewesen, und daneben Bea, nüchtern und stark. Ich bin Lena dankbar dafür.

Als sie und Despina sich schließlich verabschieden, sollte ich besser mit ihnen gehen, aber noch kann ich nicht. Ich muss wissen … muss begreifen … Ich weiß doch ohnehin schon … aber nein … Sagt es mir! Redet, verdammt!

»Seid ihr wieder zusammen?«, frage ich euch.

Stumm und offensichtlich betreten schüttelt ihr den Kopf. Am liebsten möchte ich euch anbrüllen. Dass ich besser mit Ehrlichkeit klarkomme als mit Schweigen. Dass ihr das doch beide wissen müsstet. Kennt ihr mich denn so wenig? Zumindest du, du müsstest doch …? Ihr seid so feige. Ihr kotzt mich so an. Vielleicht ist es ja wirklich noch eine lockere Geschichte zwischen euch, später werdet ihr das behaupten: »Zu diesem Zeitpunkt wussten wir noch nicht …« Mag ja sein. Trotzdem. Ihr präsentiert euch hier unvermittelt vor mir, als Irgendwie-Pärchen, sei es für immer oder eine Nacht. Ihr seid jetzt das »Wir«, das wir vor Kurzem noch waren. Warum tut ihr das? Vielleicht hat Bea nicht gewusst, dass ich hier sein würde, ich traue dir zu, dass du sie genauso überrumpelt hast wie mich. Aber du? Wie unsensibel kann man eigentlich sein? Eine Weile reden wir noch, spielen »Fassade bewahren«. Liebst du ja, dieses Spiel. *Peinlich, dass ich Gefühle habe, was? Peinlich, dass ich mit den Tränen kämpfe, ich kranke Person?* Lange halte ich das nicht aus, obwohl ich eigentlich bleiben möchte. Euch stören. Dir zeigen, dass es mich gibt. Dass du mich *beachten* musst. Habe ich denn gar keinen Stolz?

Ich muss weg. »Ciao.«

Kaum habt ihr die Tür geschlossen, schießt mir das Wasser dann in die Augen, noch im Treppenhaus beginne ich hemmungslos zu weinen. Höre nicht damit auf, als ich mit dem Rad durch den Olympiapark nach Hause fahre. Warum? Verdammte Scheiße, warum machst du das mit mir? Wir waren doch schon weiter. Aber so ist es eben mit uns – einen Schritt vor, zwei zurück. Vielleicht auch drei.

Wenige Wochen später dann der große Performance-Abend. Am Vorabend hatte ich mit ein paar anderen Zuckerkindern getrunken, ich habe einen leichten Kater und gleichzeitig unglaubliches Lampenfieber. Bei der Ablaufbesprechung hältst du meine Hand. Spürst du meine Angst? Ich spüre deine nicht. Es gab Zeiten, da konnte ich deine Gedanken lesen, wie oft hat uns das beide verblüfft! Und heute? So viel Irrtum.

Wir haben noch Zeit, bis der Abend beginnt, ich sitze mit den anderen im Innenhof der Bonbina, du werkelst drinnen an irgendetwas herum. Ich unterhalte mich mit einem der Zuckermädchen, Heidi, als diese plötzlich ganz behutsam fragt: »Weißt du, was die Einlass-Performance ist?«

»Irgendwas von Luis und Lilian«, antworte ich.

Heidi nickt. »Sie werden auf der Bühne Sex haben.«

Okay …

Okay.

Alle wissen es. Was fühle ich, wie nennt man das? Schlag in die Magengrube? Ich habe Wolken im Kopf. Mit mir schläfst du nicht mehr. Mein ganzes Ich, so klein, so schwach. Wird mir schwarz vor Augen? Nein. Ist der Boden unter meinen Füßen noch da? Ja. Fällt mein Herz in Ohnmacht? Fast. Ich versetze ihm einen Hieb, zum Wachwerden, darin bin ich mittlerweile ganz gut. Was tun? Flüchten? Zittern? Heulen? Will ich nicht. Will! Ich! Nicht! Ich strauchle. Umarmungen. Dieses Hämmern, wieder einmal:

Warum
hast du
mich nicht
gewarnt?

Es ist nicht so sehr die Tatsache an sich, die mir den Schlag versetzt, so gut solltest du mich eigentlich kennen. Verletzt bin ich, weil du mich so unglaublich alleine lässt mit der Situation. Was hast du dir dabei gedacht? Später wirst du sagen, du habest Angst gehabt, mir davon zu erzählen. Das verstehe ich. Aber du wusstest, dass ich da sein würde. Du wusstest, dass ich es sehen oder zumindest mitbekommen würde. Wie sahen deine Überlegungen zu dem Thema aus, was hat dich zu dem Schluss kommen lassen, es sei das Beste, mich wieder mal in ein offenes Messer laufen zu lassen, anstatt mir die Möglichkeit zu geben, mich auf die Situation vorzubereiten? Ich behalte gern die Kontrolle, wie du, hast du das vergessen? Wie soll ich sie jetzt noch finden, so auf die Schnelle, an einem Abend, der mir ohnehin einiges abverlangt? Wenn ich den Brief mit der Mahnung nicht öffne, habe ich keine Schulden, wenn ich mir die Augen zuhalte, sieht man mich nicht – so ähnlich muss dein Gedankengang gewesen sein: Wenn ich ihr nichts davon erzähle, wird sie es nicht mitbekommen. War es so?

Ich kehre zurück in die Bonbina, ohne auf die Uhr zu sehen, in dem Glauben, es sei noch nicht so spät, aber da platze ich schon mitten ins Geschehen, rausche an euch vorbei, Lilian, dir und dem Fotografen, der Bilder von euch macht, ich gehe nach hinten an die Bar und hole mir einen Wein. Meine Finger zittern. In meinem Hals, in meinen Augen spüre ich die Tränen, die ich um jeden Preis am Ausbrechen hindern möchte. *Heute nicht! Ich bin stark! Bitte!* Also: *keine Macht dem Phantom*, beschließe ich. *Guck hin, guck genau hin!*

»Ich schaue mir das an«, sage ich den anderen.

»Meinst du wirklich? Kann sein, dass Luis dann sauer ist, oder?«, fragt jemand.

»Möglich«, antworte ich. »Und wenn.«

Im Grunde habe ich keine wirkliche Wahl.

Ich setze mich in die erste Reihe, etwa einen oder zwei Meter von euch entfernt. Lilian liegt auf einem Tisch, das weiße Kleid hochgeschoben, du fickst sie im Stehen und trägst dabei nichts außer dem Rosenkranz, den ich dir mal geschenkt habe. Mit jedem deiner Stöße werde ich ruhiger. Auch weil ich sehe: du nicht. Natürlich bemerkst du mich. Du verlierst deine Erektion. Das bringt mich zum Lächeln. Samuel wird später sagen, es sei ein Fight gewesen, und tatsächlich ist es das. Meine Augen sind meine Waffe. Ich triumphiere. Sie regt sich wieder in mir, diese totgeglaubte, trotzige Kraft: *Du brichst mich nicht! Niemand bricht mich!*

Einige Minuten lang machst du noch weiter, schiebst Lilian zu einer anderen Ecke der Bühne, möglichst weit weg von mir, fummelst ein wenig an ihr herum, gehst vor ihr auf die Knie … Dann beendet ihr die Show. Fotos für den zweiten Teil – nach der Pause wird Lilian zu deren Projektionen und ihrer Geschichte über euch performen – habt ihr genug.

Nun beginnt der Abend offiziell, die Bonbina ist brechend voll, zwischen den stehenden Zuschauer*innen begegnen wir einander, du siehst mich an und ich meine, in deinem Gesicht eine Mischung aus Fassungslosigkeit und Bewunderung zu lesen, du wirkst aufgewühlt, aber nicht wirklich wütend, lächelst sogar ein bisschen, als du mir zuraunst: »Hätte ich dir so was jemals angetan? Bei deiner Performance?«

Ich lächle und zucke mit den Schultern. Denke: *So was vielleicht nicht. Aber genug.* Da ist kein schlechtes Gewissen in mir. Nur Triumph. Gott, wie lächerlich, was? Und wenn schon. Ich glaube, du verstehst mich in diesen Momenten durchaus.

Es folgen fünf weitere Performances und ein Vortrag, bevor knapp zwei Stunden später als letzter Programmpunkt vor der Pause Lena, Despina und ich an der Reihe sind. Irgendwann stehen wir in Unterwäsche im Off, das nur bedingt vom Publikum getrennt ist. So voll, wie es heute ist, geht alles ineinander über.

Ich betrete die Bühne als erste von uns. Stehe vor dieser Masse an Menschen und stelle mich vor mit meinem Namen, meinem Alter, meinen Maßen und zwei Aussagen über meinen Körper, zunächst einer, die mal über mich getroffen wurde (einige Male, um genau zu sein) und die mich verletzt hat, nun also in Ich-Form, das ist das Konzept: »Bei dem Ausschnitt darf ich mich nicht wundern, dass sich niemand ernsthaft in mich verliebt. So eine wie mich will man vielleicht fürs Bett, aber nicht als feste Freundin.« (Lange vor dir habe ich so etwas oft gehört, mit dir erreichte das so manifestierte Denkmuster nur seinen Höhepunkt.) Am Atmen einer Frau in der ersten Reihe spüre ich: Es wird funktionieren. Unser Auftritt wird gelingen.

Die zweite meiner Aussagen ist allgemeiner und doch wieder nicht: »Meine biologische Uhr tickt.«

Weil sich in der Bonbina stets viel ausgezogen wurde auf der Bühne, wählen wir den umgekehrten Weg und ziehen uns an. Während ich zur Kleiderstange mit unseren Klamotten schreite, betreten nacheinander Despina und Lena die Bühne mit ihren Körpern, die so anders sind als der meine, der eine klein und dünn, der andere der normschönste der drei, auch diese beiden Frauen stellen sich vor mit Alter, Maßen und verletzenden Sätzen, und dann folgt ein halbstündiges Happening voller Mutproben, ein Wahrheit-oder-Pflicht-Spiel über unsere Körper und Seelen, ich stecke mir ein Dutzend Buntstifte unter die nackten, schweren Brüste, Lena pinkelt in einen Eimer, wir sprechen über Belästigungen und die Frage, was das jetzt alles mit Feminismus zu tun habe, eine Minute pro Aufgabe, die Zeit fliegt dahin, ein Rausch, so ein schöner Rausch, das Publikum tobt, wir sind gut.

Wir sind gut, das bemerkst auch du. In der Pause laufe ich wie auf Wolken durch die Menge, viele Leute sagen mir nette Sachen, auch du bis voll des Lobes für uns, ich sehe Lena und Despina strahlen in der Menge, ich schwebe, schwebe … Draußen vor der Tür quatsche ich mit Lilian, die mir erzählt, der Text, den sie für ihre, eure Performance geschrieben hat, handele gar nicht von euch beiden, sondern von einem deiner Nachfolger und ihr. Ich denke an deine Rührung, als du mir von der Geschichte erzählt hast und werde traurig. Beschließe, dir nichts davon zu sagen. Doch einige Zeit später kommt das Gespräch doch noch mal darauf, und du wirst behaupten, du habest das nach dem zweiten Lesen sowieso bemerkt. Mag sein. Vielleicht nehme auch nur ich so was wichtig, diese Details.

Lena, Despina und ich werden noch den ganzen Abend über gefeiert als eines der Veranstaltungs-Highlights, das lässt mich schweben und taumeln und glücklich sein. Ich spüre, dass da noch Leben in mir ist, ein Leben, das ich unabhängig von dir weiterführen kann, und das tut mir gut. Vielleicht auch, weil ich es als Chance begreife, dich in irgendeiner Form behalten zu können, so absurd das klingt. Aber du bist ja da, an meiner Seite, und lächelst mich an. Mit Scharsad, Lena und ein, zwei anderen laufen wir später zur U-Bahn-Station. Meine kommt als erste. Zum Abschied umarmst du mich lange, strahlst und sagst: »Endlich konnten mal alle sehen, wie witzig du bist!« Du wirkst tatsächlich richtig glücklich. Glücklich für mich. Da ist noch Liebe zwischen uns, ganz bestimmt! Alles wird gut, trotz der Narben.

In den kommenden Wochen begegne ich dir und Bea immer mal wieder auf Veranstaltungen, ihr wirkt wie ein Paar, weil ihr meist zusammen erscheint und vorsichtige Zärtlichkeiten austauscht, hier ein kleines Streicheln über den Rücken, dort kurz dein Arm auf ihrer Schulter, aber ihr scheint euch um Diskretion zu bemühen. So weh mir das alles tut: Eine Weile honoriere ich euer Verhalten, bin gerührt und werte eure Zurückhaltung als Rücksichtnahme mir gegenüber, die es vielleicht sogar ist. Doch gleichzeitig schmerzt sie mich, weil ich daraus lese, dass Bea etwas anderes für dich ist als all die Frauen, mit denen ich dich vor ihr sah. Und weil es mich zwischendurch wütend macht, euer Getue. *Ganz oder gar nicht*, denke ich dann, und: *Für wie blöd haltet ihr mich eigentlich, denkt ihr, ich bemerke nicht, was ihr da tut? Macht gleich offen rum, das erspart mir die Hoffnungsfunken, besser ein klarer Schmerz als dieses Rumgeeiere. Auf wackligem Boden ging ich schließlich lange genug!* Doch Hoffnungsfunken blitzen auch auf in den Gesprächen mit Bea, die ich zu diesem Zeitpunkt noch führe: »Na ja, weißt du … ich gehe ja wieder weg aus

München … und letztlich könnte ich ohnehin nie richtig mit Luis zusammen sein, ich weiß ja, wie er ist und könnte ihm nie ganz vertrauen …« So redet sie da noch, glaub's oder nicht. So redet sie ausgerechnet mit mir. Aber vielleicht verstehe ich sie wieder mal falsch, wie schon drei Jahre zuvor. Pah! Ja, mein Lachen ist an dieser Stelle ein wenig bitter, Pardon.

Bald wirst du 30, es wird eine Party in der Bonbina geben, für den Vorabend aber sind wir zum Reinfeiern verabredet, nur wir beide, wie die Jahre davor. Mehr und mehr merke ich, was das für eine schlechte Idee ist, denn wie die Jahre davor ist nun mal nichts mehr. »Feiere mit Bea«, sage ich.

»Warum?«

Ich kämpfe mal wieder mit den Tränen, bleibe aber ruhig: »Weil sie dir näher ist als ich.«

Du schüttelst den Kopf.

Und so sitzen also an diesem Juniabend zusammen, fast harmonisch, fast wie früher, könnte man meinen, doch die Distanz ist spürbar, und als um halb zwölf das Telefon klingelt, wird mir schlecht. Natürlich ist es Bea. Bea, der du erklärst, dass du mit mir hier sitzt, aus Tradition, und in mir hämmert es: *Etwas läuft schief, etwas ist falsch, was tue ich noch hier?*

Den ganzen Abend haben wir keinen Alkohol getrunken, du bist immer noch in deiner nüchternen Phase, um Mitternacht will ich einen Piccolo auf dich trinken, aber plötzlich schenkst auch du dir ein, und dann, du hast noch Wein da, trinken wir weiter, was mir die Sinne vernebelt und mich hoffen lässt, dass ich bleiben kann.

Ja, sagst du. Du schliefest dann auf der Couch.

Das meinte ich nicht.

Ich fahre heim.

Eine Farce, eine Farce, eine Farce.

Am kommenden Mittag sind wir verabredet, um die Bonbina herzurichten für dein Fest, du bist schon da, als ich komme, aber du zitterst, verkrampfst dich, atmest schnell, rennst unruhig auf und ab, schreist zwischendurch laut auf. Eine Panikattacke, wieder einmal. »Ich darf keinen Alkohol mehr trinken«, sagst du. »Das kommt von gestern Abend.«

»Ich soll Ruhe ausstrahlen in solchen Momenten«, versuche ich einen halben Scherz. »Das habe ich mal gelesen. Bemühe ich mich also.« So warten wir gemeinsam ab, bis du wieder ruhiger wirst. Dann gehen wir einkaufen, doch an der Kasse beschleunigt sich deine Atmung erneut, und du verlässt abrupt den Laden: »Ich muss hier raus.« Ein Auf und Ab, das sich durch den Tag zieht, doch das Fest abends wird schön, bis in die Morgenstunden wird gefeiert, und ich ertrage die bemüht diskret ausgetauschten Zärtlichkeiten zwischen Bea und dir, bis mich zu später Stunde Wolli fragt, wie es mir gehe, und das ist der Schleusenöffner für meine Tränen – es geht mir nicht gut.

Ich setze mich in den Innenhof, du kommst, um mich zu trösten, und als du wieder zurück in den Raum gehst, fahre ich heim. Wie soll, wie kann das weitergehen? Wie komme ich hier nur raus?

Kapitel 25: PFIRSICHBLUT

Was wir an dem Performance-Abend schon wissen: Zwei Monate später wird die Bonbina schließen und damit ein Raum, der für uns beide und einige andere ein zweites Zuhause war. Über die Gründe der Schließung will ich hier keine großen Worte verlieren, es ist eben so in München und vermutlich nicht nur dort, dass die Kunst im Untergrund auch vom Wandel lebt, von der Vergänglichkeit, dass sie entsteht in eigentlich unmöglichen Räumen unter provisorischen Bedingungen, die sich manchmal dann doch über Jahre halten, aber selten für die Ewigkeit. Nun hat es eben unsere geliebten abgewrackten Räume getroffen, und in den Abschiedsschmerz mischt sich durchaus Erleichterung, denn zuletzt ist die Arbeit hier sehr anstrengend geworden, auch körperlich: Der Schimmel der Wände breitete sich in unseren Atemwegen aus, manchmal hustete ich bis zum Erbrechen. Von den psychischen Blessuren, die Scharsad und wir alle davontrugen, ganz zu schweigen. Viele kreative und sensible Seelen aufeinander, das ist selten ein Zuckerschlecken, nicht mal in einer ehemaligen Bonbonfabrik.

Und doch, es geht uns allen ans Herz. Ein letztes Fest soll es noch geben, Ende Juli, alle Zuckerkinder sollen noch einmal zusammenkommen zwischen den bröckelnden Wänden, sollen tanzen auf dem staubigen Boden, Wein trinken, die Liebe feiern, das

Leben und die Kunst … Der harte Kern von uns, ca. acht oder neun Leute, dreht in den Tagen davor auf deine Initiative hin als Überraschung einen kurzen Film für Scharsad, viele kleine Momente mit den einzelnen von uns in den gehassliebten Räumen. Für eine gemeinsame Abschlussszene, die kurzfristig noch ans Ende geschnitten werden soll, treffen wir uns drei Stunden vor der Feier: Die einen ziehen gedankenverloren an Zigaretten, die anderen stupsen mit der Hutkrempe ein Goodbye in die Kamera oder erheben ihr Glas auf das »Those Were The Days« und das »We'll Meet Again«. *Drama, Baby*, einmal noch! Tränen und Lachen und Liebe und alles, die Geschichten, die diese Wände und unsere Augen gesehen haben, unsere Herzen erlebt, ein Raum kann so viel mehr sein als ein Raum, nicht wahr?

Die Szene ist abgedreht. Wir überlegen, was uns noch fehlt für die Party. Limo, Wasser, Bier, ein paar Mixgetränke: alles da. Wir brauchen noch Wein. Ich fahre los, um welchen zu besorgen, das dauert vielleicht eine Viertelstunde, und als ich wiederkomme, ist uns die Welt auf die Pelle gerückt: Schüsse am Olympia-Einkaufszentrum. Tote, Verletzte. Unsere Telefone stehen nicht mehr still. Schüsse am Stachus, am Odeonsplatz, auf dem Tollwood-Festival. Drei Täter mit Langwaffen. Vielleicht auch mehr. Akute Terrorwarnung. Islamisten? Rechtsradikale? Ein Gerücht jagt das nächste. Tja. Hinterher ist man immer schlauer. Wir sitzen im Innenhof der Bonbina, halten das Tor geschlossen, über uns kreisen Hubschrauber. Irgendwann heißt es: Schüsse am Isartor, keine 500 Meter von uns entfernt. Dennoch bleiben wir seltsam ruhig, beruhigen auch unsere Lieben, hoffen auf einen verspäteten Partybeginn. Kurzzeitig entstehen Bilder in meinem Kopf: ein Teil von uns am Boden, tot, der Rest verängstigt und geschockt. *Was wäre … In wenigen Minuten könnte … und wenn?* Dann müssten auch diese Minuten gefüllt werden. Oder nicht? Unsere letzten vielleicht, wer weiß das schon.

Kennen wir die Opfer?

Wird es weitere geben?

Irgendwo liegen Menschen in ihrem Blut.

Jetzt ist es so nah.

Dürfen wir feiern?

Müssen wir weinen?

Können Gefühle richtig sein oder falsch?

Was tun?

Wir öffnen zwei Flaschen Bellini. Süße, bunte Pfirsichwelt. Auf die Freiheit! Die Liebe! Auf uns! We will survive! Das Leben ist schön! Oder?

Die ganze Nacht über werden keine öffentlichen Verkehrsmittel fahren, alle sind angehalten, in geschlossenen Räumen zu bleiben, vor dem Tor ist es gespenstisch still. Wir halten die Gäste, die wir noch erwarten, via Facebook auf dem Laufenden: »Falls ihr es bis hierhin schafft: Das Tor ist zu, ruft an, dann machen wir euch auf.« Statt der erwarteten achtzig Leute finden sich schließlich etwa zwanzig oder dreißig doch noch ein, todesmutig oder schlicht zuversichtlich zu uns gelaufen, geradelt, irgendwie angekommen, ein merkwürdig schönes Fest wird es, ich glaube, es passt das Wort »bittersüß«.

Wir feiern bis in die Morgenstunden, ich will nicht heim danach, denn ich wohne nur wenige Hundert Meter vom Olympia-Einkaufszentrum entfernt, ich will nichts sehen von dem, was passiert ist, keine Ahnung, wovor ich Angst habe, vor der Wirklichkeit?

Ich frage, ob ich bei dir übernachten könne, und du willigst ein, etwas zögernd, meine ich mich im Nachhinein zu erinnern, aber in dem Moment will ich glauben, wir seien einander immer noch nah, immerhin haben wir einander im Verlauf des Abends mehrmals umarmt. Was für ein dummer Wunsch! Und doch fahren wir zu dir, es wird schon hell, wir machen uns fertig zum Schlafen, ich will mir in deinem Bad die Zähne putzen, da fällt mein Blick auf ein paar Kosmetikartikel, die eindeutig nicht dir gehören, sondern einer Frau – Bea vermutlich – und daraufhin schaltet sich in meinem Hirn ein Schalter um und entfacht schließlich einen Sturm, den ich nur lückenhaft rekonstruieren kann. Hier ein Versuch: Erst will ich einfach nur weg von dir, als hätte ich plötzlich begriffen, dass ich nicht mehr an deine Seite gehöre, es vielleicht nie tat. Du liegst bereits im Bett, als ich dir sage, dass ich doch lieber gehe, kann sein, dass du mich fragst, warum, kann sein, dass ich anfange zu weinen, womöglich beginne ich aber auch gleich, auf dich einzuschlagen, ich weiß es nicht mehr, weiß nur, das ich das irgendwann tue, und dann sind da verschiedene Bilder im Kopf, die ich nicht in eine flüssige Reihenfolge bringe: Wir beide sitzen am Tisch, du willst, dass ich verschwinde, ich verspreche dir, das zu tun, wünsche mir nur einen friedlichen Abschied, aber nein, nicht mit dir, und im Nachhinein kann ich dir das nicht mal verdenken. Wieder einmal beschimpfst du mich als »ekelhafte Psycho-Fotze«, die dich immer nur fertigmachen wollte: »Hau endlich ab!« Ich versuche, ruhig zu bleiben, uns beide wieder auf den Teppich zu bringen, aber keine Chance, und mit dem Terror angefangen habe an diesem Abend schließlich ich. Vielleicht auch der Todesschütze am Olympia-Einkaufszentrum, aber ich will mal nicht die Schuld von mir schieben, meine Schläge sind falsch, und diesmal bringen sie nicht einmal mehr Erleichterung, nur neuen Schmerz.

Das nächste Bild: Wir beide in deinem Flur, ich ziehe dich mit der einen Hand an den Haaren, prügle mit der anderen auf dich ein, wie in einem verzweifelten Rausch, aus dem ich keinen Ausweg sehe. Nur ein einziges Mal schlägst du zurück, dann liegen wir uns weinend in den Armen, flüstern beide »Es tut mir so leid, so leid, ich wollte das nicht«, klammern uns aneinander, warum nur entgleitet uns alles, ich will dich doch nur im Arm halten und weinen, aber die Wut muss sich erneut Bahn gebrochen haben, ich weiß nicht mehr, wann und wieso, nur dass ich schließlich nicht in Frieden gehe, dass es keinen Abschied gibt, keine Versöhnung, nur eine große Kälte zwischen uns, einfach nur Eis. Dass ich es irgendwie heim schaffe mit dem Rad, dass ich all die Fernsehteams sehe, die dort gleich um die Ecke von meinem Zuhause stehen, dort, wo am Vorabend zehn Menschen ihr Leben verloren haben, während du und ich noch leben und ich dennoch so unglücklich bin.

Zwei Tage später sind wir Zuckerkinder zum Entrümpeln der Bonbina verabredet. Die Haut um mein rechtes Auge herum ist noch lila verfärbt von deinem Schlag. Ich versuche, das Ganze sorgfältig zu überschminken, was im oberen Bereich nicht schwierig ist, da ich oft violetten Lidschatten trage, nur die dunkle Stelle unter dem Auge lässt sich schwer überdecken. Obwohl ich meine, es ganz gut geschafft zu haben, spricht mich Scharsad sofort darauf an. Ich beginne zu weinen und sage ihr die Wahrheit, anderen, etwa Tabea, werde ich erzählen, ich hätte mir beim Entrümpeln eine der Europaletten ins Gesicht gerammt, die uns in der Bonbina als Zuschauertribünen dienten.

Wir begrüßen einander nicht am Entrümpelungstag, ich bringe nur ein stummes, halbes Nicken zustande, während du mich anstarrst mit einem Blick, aus dem ich meine, Verachtung zu lesen, vielleicht aber auch nur Hoffnungslosigkeit. Danach suche ich mir Arbeiten, bei denen ich dir möglichst wenig über den Weg laufe, aber ganz lässt es sich nicht vermeiden, und irgendwann, als gerade niemand in der Nähe ist, wage ich schließlich doch, dich leise zu fragen, ob wir uns nicht wieder vertragen wollen. Du nickst, wir umarmen uns kurz, dann deutest du auf mein Auge: »War ich das?« Ich nicke und du seufzt.

Das Bonbina-Ende ist eine Chance für uns beide, eine Chance auf getrennte Wege, eine Chance auf Gesundung, das sagt mir zumindest mein Verstand. Und tatsächlich bin ich stark genug, als Regieassistentin aus deinem Massenmörder-Stück auszusteigen, das für ein Festival im Oktober wiederaufgenommen werden soll. Himmel, fällt mir das schwer, aber ich weiß, dass es richtig ist. Ob ich mir das Stück ansehen werde? Lange zögere ich. Als ich schließlich beschließe hinzugehen, bereite ich mich gründlich vor, mit Yoga und Meditation, ich möchte ruhig bleiben, gelassen, friedlich und stark. Erst sehr kurz vor Stückbeginn schleiche ich ins Theater und sehe dich neben Bea am Lichtpult sitzen, da wird mir ein wenig übel. Auch hier hat sie mich also »ersetzt«. In dem Stück, das wir gemeinsam entwickelt haben, du und ich. Ich krampfe die Hände zu Fäusten. Durchhalten. Es funktioniert. Als die Schauspieler Wolli, Reiner und Samuel beim Schlussapplaus in eure Richtung zeigen und sich das Publikum zu euch umdreht, klatsche ich weiter, den Blick starr geradeaus. Danach wird gefeiert, und ihr räumt die Bühne ab.

Bei der Verabschiedungsrunde am Ende des Abends folgen unangenehme Momente. Ich stehe vor Bea, zucke schnaufend mit den Schultern und ringe mir schließlich eine halbherzige Abschiedsumarmung ab. Verlogen? Möglich. Aber ich habe gerade keine Lust, vor Publikum diese demonstrative Unterscheidung durchzuziehen – alle drücke ich, ihr zeige ich die kalte Schulter. Kurze Umarmung ist eben der Standard hier.

Bea flüstert bei der unseren: »Ich hab' dich lieb.« Kleinlaut klingt sie. Vielleicht meint sie es tatsächlich so.

Trotzdem: »Hm«, brumme ich. So viel Lüge geht dann doch nicht. Ich habe sie nicht lieb in diesem Moment. Kein bisschen.

Als ich mir später die Situation wieder ins Gedächtnis rufe, ihren Satz, denke ich: *Einen Scheiß hast du!*

Vielleicht könnte ich Bea glauben, dass sie die Verliebtheit in dich erst nach und nach erwischt hat, dass sie hineingeschlittert ist und das Ganze erst selbst nicht wollte. Aber wir haben eine Vorgeschichte. Das gab es schon einmal: »Ich hab' dich lieb, bin für dich da …« Um in derselben Nacht in deinen Armen zu landen. Drei Jahre ist das jetzt her. *Fickt euch doch.* Haha, geiler Fluch, was? Ja, tut, was ihr nicht lassen könnt, aber erspart mir bitte eure Scheinheiligkeit. Wenn Bea irgendwann etwas an mir liebgehabt hat, dann war es vermutlich meine Nähe zu dir. Es ist mir egal, ob ich gerade gerecht bin. Ja, unsere Geschichte würde aus ihrem Mund anders klingen. Wer weiß, wie gut ich darin wegkäme. Sie ist kein Monster, vermutlich könnte man vieles nachvollziehen an ihrer Version. Aber ich muss nicht immer alles und jede*n verstehen, nicht wahr? Ich will keine Feigheit mehr verzeihen. Für Bea habe ich keine Energie mehr.

Und für dich?

Tja.

Immer, fürchte ich.

Irgendwie.

Doch so tröpfelt unsere Geschichte langsam aus. Eine Zeit lang versuche ich, die Sachen wiederzubekommen, die noch bei dir liegen, Kleidung, meinen iPod, meinen Wohnungsschlüssel … Am Anfang antwortest du mir noch auf meine Mails, doch einen gemeinsamen Termin für die Übergabe finden wir nicht. Als wir einander einmal zufällig im Affentheater begegnen murmelst du, das Ganze sei für dich ja auch nicht leicht. Aus dem liebevollen Gespräch entwickelt sich langsam ein Streit, als wir irgendwann auf Bea und dich zu sprechen kommen und ich wissen will, warum ihr mir nicht offen sagen konntet, dass ihr ein Paar seid. Warum sie mir noch erzählen musste, sie könne doch niemals mit dir zusammen sein, weil sie dir nicht vertrauen könne. »Das hat sie gesagt?«, fragst du und erklärst, das mit euch habe sich eben erst nach und nach entwickelt. Trotzdem schreie ich dich heulend an: »Warum macht ihr das mit mir? Warum lügt ihr so?« Was für eine jämmerliche Gestalt ich doch geworden bin.

Auf meine kommenden Mails bezüglich meiner Sachen bekomme ich keine Antwort mehr. Irgendwann gebe ich auf, lasse einen neuen Ersatzschlüssel anfertigen und bestelle mir einen neuen iPod mit der Gravur: »NEUANFANG«.

GEDANKENSPLITTER:
*Meine Lektorin schlägt vor, hier das Ende zu setzen. Oder schon gut 30 Seiten vorher, als von dem vertrockneten Blumensträußchen die Rede ist, das ich bis heute als Erinnerung an dich besitze. Dankenswerterweise hat sie mich auf einige Redundanzen im Roman aufmerksam gemacht, für die ich selbst blind war, und so komme ich auch hier gehörig ins Grübeln. »Kill your darlings« gehört schließlich zu den wichtigsten Grundsätzen, die ein*e Autor*in verinner-*

lichen sollte – in aller Regel macht das Kürzen heißgeliebter, aber letztlich nicht relevanter Passagen einen Text besser – als Journalistin ist mir das bewusst und ich ahne, dass hier ein Cut die Geschichte tatsächlich »rund« machen würde. Aber in diesem Fall gelingt es mir nicht, zum »Messer« zu greifen. Ich möchte keine Kanten abschleifen, sondern eine möglichst ungefilterte Geschichte erzählen.

Kapitel 26: I'M A SURVIVOR. ODER?

Wir sind nicht nur die Menschen, die wir glauben zu sein, sondern auch die, die andere in uns sehen. Insofern ist meine Sicht auf die Dinge auch ein Teil von dir, da kannst du nichts machen. Gibt mir das Macht? Natürlich. Ich genieße es. Mittlerweile hast du die Rohfassung dieses Buches gelesen: »Ja, so war ich«, meinst du einmal. Mehr noch: »Sehr wohlwollend« habe ich dich beschrieben.

Und heute? Bist du weiterhin mit Bea zusammen und ich mit einem Mann, von dem alle sagen: »Der tut dir gut.« Er ist fünf Jahre älter als ich, fünfzehn älter als du. Hielt mich nachts an, als ich mit dem Fahrrad über eine rote Ampel fuhr, ein Polizist, tatsächlich, wer hätte das gedacht. »Wie geht es Ihnen denn?«, fragte er mich, und ich begann zu weinen, weil ich an dich gedacht hatte, und dieser Satz oft mein Schleusenöffner ist. So ging alles los.

Als die Sache mit ihm langsam verbindlicher wurde, hatte ich zwei kleine sexuelle Intermezzi und spürte die Notwendigkeit, unsere Standpunkte zu klären. Ob er von solchen Dingen wissen wolle, fragte ich ihn.

Seine Antwort: »Ach du. Ich hab' deinen Roman gelesen, ich weiß doch, wie du da tickst. Ich muss es nicht wissen, aber wenn es dir auf der Seele brennt, dann erzähl's mir ruhig.« Da war ich baff.

Ohne konkreten Anlass hakte ich einige Monate später noch einmal nach. Ob er immer noch so denke? Da grinste er bloß und sagte: »Ich kenn' dich doch, du würdest es mir sowieso erzählen.«

So einer ist das. Natürlich hat er recht.

An seiner Seite kann ich atmen. Ich selbst sein, ohne Eiertanz oder Angst vor dem nächsten Knall. Er freut sich, dass ich seine Freundin bin, ganz schnörkellos und konstant. Findet mich *richtig*, so wie ich bin, selbst wenn ich mal nicht »funktioniere«. Macht keine großen Worte, aber liest meine Texte, ohne dass ich ihn darum bitten muss oder das Gefühl habe, dankbar sein zu müssen. Er nimmt sich frei, wenn ich eine Lesung habe. Ist einfach da. Und noch etwas: Er nimmt mich sogar in den Arm, wenn ich deinetwegen weine!

Mit der Zeit klaube ich die Fetzen meines kaputten Selbstwertgefühls zusammen und versuche, es zu flicken. Wage die berufliche Selbstständigkeit als Journalistin und Autorin. Traue mich allein auf die Bühne, spreche meine Texte, ohne sie abzulesen, frei, als kleine Performance, komme damit beim Publikum an. Ich male und schreibe und zeige mich. Lache, reise, küsse. Habe wieder Energie. Komme zur Ruhe.

Ein Happy End?

Nicht ganz. Noch nicht.

Ich bin nicht geheilt. Habe nur gelernt, nicht mehr immer und überall von dir zu sprechen, von dem, was du für mich bist. Das heißt nicht, dass ich nicht immer und überall an dich denke. Tatsächlich tue ich das, jeden Tag. Jeden verdammten Tag. Der Schmerz wird nicht kleiner, er verliert nur seine Macht über mich.

Ich habe mich daran gewöhnt, wie man sich eben an einen Verlust wie diesen gewöhnen muss, um sozialkompatibel zu bleiben und sich auch selbst die Chance auf ein bisschen neues Glück nicht zu versauen. Machen wir uns nichts vor, Geschichten wie die unsere wurden schon tausendfach erzählt. Immerzu wird es Menschen geben, welche ihr Herz an solche verlieren, die sie mit ihrem Ja-Nein-Jein in den Wahnsinn treiben. Bin nicht die Erste und werde nicht die Letzte sein, die davon einen Knacks bekommen hat. Ich will ehrlich sein: Würdest du mich heute Nacht aus dem Schlaf klingeln und bitten, zu dir zu kommen, die Chance, dass ich käme, wäre nach wie vor groß. Der giftige Wahn bleibt in meinem Blut, ich leide an einer Infektionskrankheit, deren Symptome ich halbwegs in den Griff bekommen habe, aber eben nicht komplett.

Manchmal lande ich zufällig in der Nähe deiner alten Wohnung, die ein Stück weit auch mein Zuhause war und aus der du mittlerweile ausgezogen bist. Dann krampft sich etwas in mir zusammen, ganz automatisch, ich kann nichts dagegen tun. Ich spüre einen Druck auf der Brust, ein Ziehen in der Magengegend, und beides strahlt von dort aus in sämtliche Glieder, die sich dennoch weiter bewegen, man merkt mir, meine ich, nichts mehr an. Am Fenster steht dort jetzt ein Skelett, kein Witz, vermutlich studiert dein*e Nachfolger*in Medizin.

Hin und wieder fragt jemand: »Über Luis bist du hinweg, oder?« Dann antworte ich »Nein« oder »Na ja«, ernte ein bisschen Erschrecken, ein paar kleine Nachfragen, und das war es dann. Warum auch nicht, es ist ja alles schon viele Male gesagt.

Wenn ich dich bei Veranstaltungen oder Geburtstagsfeiern gemeinsamer Freund*innen sehe, dann hüpft mein Herz vor Freude und Angst. Auch du wirkst dann etwas nervös. Vielleicht fürchtest du, dass ich zu viele Anspielungen mache auf früher, dass ich nicht die Fassade wahre, die du so brauchst, dass ich für eine Peinlichkeit sorge, aber insgesamt schlagen wir uns ganz gut und gehen meist friedlich auseinander.

Du trägst weiterhin den Rosenkranz, den ich dir geschenkt habe, fast immer, wenn ich dich sehe, baumelt er um deinen Hals. Einmal reden wir darüber, ich sage: »Na ja, wahrscheinlich ist der für dich längst losgelöst von mir.«

Das ist eigentlich eine Botschaft an mich selbst: *Hey, interpretier das mal nicht über!* (Höre ich da deine Stimme?)

Aber du siehst mir in die Augen und antwortest ruhig: »Nein. Das ist schon deiner.« Und mir wird gleichzeitig warm und kalt ums Herz.

Im Anschluss an solche Treffen geht es mir dann in der Regel ein paar Tage schlecht und ich weine viel, kann aber damit umgehen, gibt Schlimmeres, man gewöhnt sich an alles.

Ist Bea dabei, dann erstarre ich innerlich, sage ihr knapp »Hi« und parliere anschließend vermeintlich locker mit den anderen. Meine Künstlichkeit kotzt mich dann selbst an, aber ich finde keinen Weg aus ihr heraus. Wie es ihr geht, weiß ich nicht. Vielleicht ähnlich. Manchmal erwidert sie nicht mal meinen Gruß, sondern guckt betreten an mir vorbei. Das tue ich allerdings auch, ich will sie nicht sehen, am liebsten nie mehr. Einmal hatten wir kurzen Mailkontakt, der aber letztlich zu nichts führte. Ich hatte ihn initiiert, getragen von einer der Gefühlswellen die mich manchmal überkommen, in dem Fall die mit dem Wunsch: »Ich will Frieden. Will abschließen. Verzeihen. Was kann sie dafür, dass sie denselben Mann liebt wie ich?« Und ja, sie reagierte erst mal nett. Aber es hilft nichts, immer wieder kommt auch diese Welle aus Wut über mich und ich fühle mich von dieser Frau einfach nur verarscht, schimpfe sie in meinem Kopf verlogen und dreist. Denke: *Ihr beide passt zusammen in eurer gottverdammten Feigheit und selbstgefälligen Ignoranz. Hattet mich beide »sooooo lieb«, ja? Aber für ein paar offene, ehrliche Worte und ein bisschen Anstand hat es nicht gereicht.*

Natürlich habe ich sofort tausend Gegenargumente im Kopf, aber mittlerweile verzeihe ich mir solche gemeinen Gedanken, sehe meine vielleicht ungerechte Wut als Fortschritt: *Hey, ich darf wieder fühlen!* Da fließt noch Blut in meinen Adern und bringt mein Herz zum Pochen.

»Wir hätten es ja selbst nicht gedacht, aber es funktioniert zwischen uns«, sagt Bea über euch in einem der wenigen kurzen Gespräche, die wir beide zulassen.

Das tut weh, und in mir sind tausend Fragen. Ich weiß, dass es auch jetzt andere Frauen in deinem Leben gibt, die du abwechselnd verehrst oder beschimpfst. Ich weiß auch, dass du ein Tinder-Profil hast mit Fotos, die ich geschossen habe, während unseres Kurzurlaubs am See, und mit einem Bild aus deiner Sex-Performance mit Lilian. Unser Bekanntenkreis hat zu viele Schnittstellen, und ich bin hellhörig, wenn es um dich geht, all meine Sensoren springen dann an, manches bekomme ich einfach mit. Ist Bea die Unantastbare im Kreis deiner »Psycho-Fotzen-Göttinnen«? Oder merkt sie einfach noch nicht, wie du auch ihre Seele zerstörst? Merkt sie es vielleicht doch und kann, genau wie ich, nichts dagegen tun? Tust du es? Und wenn nein, warum hast du es dann mit meiner getan? Sag mir: warum? Habe ich es nicht anders verdient? Bin ich schuld daran? Einfach viel zu empfindlich? Viel zu kaputt? Oder ist es ihr Glück, dass sie nicht mehr in derselben Stadt wohnt, und sie so ein wenig Schutz vor dir hat? Nicht alles mitbekommt? Nicht immer gleich springen kann, wenn du sie brauchst? Ist sie einfach stärker als ich? Kann sie besser Grenzen setzen? Liebt sie dich weniger als ich es tue? Das wäre doppelt gesund für sie: Sie bliebe dann erstens mehr bei sich und setzte sich zweitens weniger deiner Verachtung aus, wie es Menschen tun, die dich zu sehr lieben. Oder liegt es daran, dass du mittlerweile Tabletten nimmst und regelmäßig zu einem Psychiater gehst, der dir Bipolarität diagnostiziert hat, wie du mir eines Abends erzählst. Ich bin froh, dass du dir endlich Hilfe gesucht hast, und das sage ich dir auch. Da wirkst du ganz kurz ein wenig gerührt. Allerdings, und ich weiß, wie vermessen das klingt, glaube ich nicht an die Diagnose. Ich Laienpsychologin bin von deiner Borderline-Persönlichkeit überzeugt. Ein gehöriger Schuss Narzissmus vielleicht noch, aber das überlappt sich ja zum Teil. Ich lese weiterhin fast alles, was ich zu diesen Themen in die Finger bekomme, und ich kenne Bipolarität aus meinem familiären Umfeld. Möglicherweise ist es ja beides, alles, wer weiß. Wofür noch Erklärungen, wofür noch solche Krücken. Für unser »Wir« ist es ohnehin zu spät.

Wie auch immer. Ich kann meine Tränen wieder mal nicht gut zurückhalten an jenem Abend, bin weiterhin nah am Wasser gebaut. Aber ich verrate dir, welche ungesunden, gefährlichen Gedanken ich manchmal habe: Zwischen euch »funktioniert« es, weil du sie weniger liebst als du mich geliebt hast. Ich bin dir zu nah gekommen, und das hast du nicht ertragen.

Ist es so?

Irre ich mich?

Sag lieber nichts.

Ich habe vor jeder möglichen Antwort Angst.

Aber ich will etwas denken. Das hier:

Du
warst
mir
nicht
gewachsen.
Ich
bin
stärker
als
du.

Ein bisschen trotzige Kraft ist mir geblieben. Zum Glück!

Sei nicht kindisch, sagt eine andere Stimme in mir, *die beiden passen eben besser zusammen, sie ist in seinem Alter und hat nicht deine von ihm so verhasste Offenheit, sieh es ein, er mag es nicht, wenn man Gefühle zu sehr analysiert, und sie ist besser im Schweigen und Verdrängen, genau wie er, er hat die Liebe seines Lebens gefunden, du warst es eben nicht, gib auf.* Manchmal versuche ich, sie anzufeuern, diese andere Stimme, indem ich auf Facebook gemeinsame Fotos von euch angucke. Das schmerzt, aber ein wenig erleichtert es mich hin und wieder auch. *Nicht mehr mein Problem*, denke ich dann. Allein: Ich glaube dieser zweiten, vernünftigen Stimme kein Wort. Äffe sie nach, ziehe »Liebe seines Lebens« ins Lächerliche. Ich arme Irre, was? Ich kranke Person. Ich lästiger Niemand. Hattest du recht? Bin ich das? (Jetzt bist du tatsächlich da, in meinem Kopf, du, der du mich wieder beschimpfst wie damals: »Du grausame Psychopathin, du bist für mich nur noch ein Ärgernis, und ich bin froh, wenn ich dich endlich los bin.«)

Ob ich wieder glücklich sei, fragen mich manche. Jetzt, mit diesem tollen Mann an meiner Seite. Jetzt, da das mit dir so lange her ist.

Bis vor wenigen Jahren war ich der Überzeugung, einer der glücklichsten Menschen zu sein, die ich kenne. Glück ist eine Entscheidung, das war meine Devise.

Und heute?

Es geht mir gut, ja, danke. Ich gewöhne mich an eine neue Form von Glück, die weniger Feuerwerksglitzer bedeutet, aber auch weniger verbrannte Erde.

Ab und zu, nicht oft, rufst du mich betrunken an und schwärmst von dem »Wir«, das wir hatten. Sagst dabei auch mal: »Ich liebe dich.« Konsequenzen hat das keine mehr, alles bleibt, wie es ist.

Manchmal vermisse ich den Rausch. Den Wahnsinn. Dich.

Streiche »manchmal«.

Tausche »vermisse« und »ich«.

Wie gesagt: Ich bin nicht geheilt. Ich taumle noch. Aber ich erahne die Möglichkeit einer Gesundung.

Gerne hätte ich einen Beweis dafür, dass unsere Liebe real war, keine Fiktion von mir, und ich nicht nur eine Frau von vielen. Was immer real bedeutet. Einen Beweis, vielleicht deinen Nachnamen, noch besser ein Kind. Ja: Trotz allem hätte ich gern ein Kind mit dir gehabt.

Zu spät.

Stattdessen
gibt es nun
dieses Buch.

ENDE

Epilog: QUANTUM LIGHT BREATH MEDITATION

Es wird ein biochemischer Vorgang sein, ein körpereigener Drogencocktail oder einfach kranker Psycho-Scheiß, wie du es vielleicht nennen würdest, wobei ich mir in diesem Fall nicht ganz sicher bin. Etwas passiert in mir, und davon will ich erzählen, nicht von meiner verkopften Analyse danach. Gefühle sind immer wahr. Und in einer von all den vielen Wirklichkeiten, die es gibt, fühle ich so. In einer reise ich in ein früheres Leben, ob ich nun in der »echten« Welt an Reinkarnation glaube oder nicht:

Seit ein paar Monaten haben wir, du und ich, kaum noch Kontakt. Ich konnte nicht mehr. Du offenbar auch nicht. Fast sechs Jahre kennen wir einander nun. Der Versuch einer platonischen Freundschaft? Gescheitert. Oder zu Ende gegangen, nennen wir es lieber so. Dazu kommt eine kleine Midlife-Crisis, dieses typische: »War das jetzt schon alles?« und »Was will ich noch?« So nehme ich mir zwei Monate Auszeit, fliege nach Bali, lasse mich treiben und lande schließlich in einem Yoga-Retreat, das Meer vor der Tür und Meditationen am Abend inklusive. Schnell wächst unsere Gruppe zusammen. Dies ist ein Ort, an den einen

Krisen führen, das lässt sich nicht leugnen oder verbergen, und so werfen wir schon früh unsere Traurigkeiten in die Runde, nicht immer mit Worten, oft reichen schon Blicke, die sagen: »Du also auch?« Und: »Ja.«

Mit den neun anderen liege ich eines Abends im Kreis, unsere Köpfe in Richtung Mittelpunkt, die Augen geschlossen, und dann atmen wir und atmen, ohne Pause zwischen dem Ein und dem Aus, wir durchfluten unser Blut mit Sauerstoff, und ganz ehrlich, zunächst spüre ich nichts. Nichts von Bedeutung jedenfalls, ich liege eben da und schnaufe so vor mich hin. Denke noch: *na ja.*

Doch mit einem Mal klickt etwas in meinem Kopf, als hätte jemand einen Schalter gedrückt oder eine Tür geöffnet. Ich sehe dunkles Wasser, schluchze und zittere, bin ganz erfüllt von Traurigkeit, ohne an etwas oder jemanden zu denken, nicht an dich und auch an keine Verletzungen davor. Da ist nichts als das blanke Gefühl und dieses tintenschwarze Meer um mich herum, ohne Mondlichtglitzern auf den Wellen, ohne Himmel darüber und darunter ohne Grund. Hin und wieder berührt mich eine der Leiterinnen und erinnert mich an meinen Atem, das beruhigt für den Moment, doch schon bald durchflutet mich die nächste Woge und alles bricht in mir auf, bricht heraus, Tränen, Schmerz und eine seltsame Ekstase, ein Gefühlsschleudergang, wie lange dauert er? Ich habe keine Ahnung, eine Ewigkeit, im Nachhinein denke ich: vielleicht eine halbe Stunde, womöglich etwas mehr.

Und irgendwann glitzert es doch auf den Wellen. Eine Sonne geht auf, ich tauche ein in einen bunt bemalten Himmel, in Feuer und Licht, als die Stimme der Leiterin mich langsam weiterführt, ich solle mir innerlich etwas mitteilen, einen Satz, ein Mantra, intuitiv wähle ich eines, vor dem ich vor wenigen Wochen in einem Meditations-Workshop auf dem Inselchen Gili Air noch Angst hatte, als die junge, britische Yogalehrerin mit den blonden Locken es vorgeschlagen hat: »I deserve love.« Ich verdiene Liebe.

Ich verdiene Liebe, ich verdiene Liebe, ich verdiene Liebe, ich verdiene Liebe, ich verdiene Liebe, ich verdiene …

ein Kind.

Woher kommt das?

Ich weiß es nicht. Es ist eben da: Ich verdiene ein Kind.

Konnte man meine Gedanken lesen? Die nächste Aufgabe der Leiterinnen geht in mein Mantra über: »Stell dir jemanden vor, der Liebe verdient. Stell ihn dir vor, wie ihn diese Liebe erreicht, wie er eingehüllt wird von ihr, wie sie ihn umgibt, die Wärme, das Licht …«

Tja – dein Auftritt. Natürlich denke ich in diesem Moment an dich.

Und für einen winzigen Augenblick durchströmt mich das Glück: Wir bekommen doch noch ein Kind, du und ich.

Aber nein: An dem Gedanken stimmt etwas nicht, das spüre ich sofort.

Und ich reise in eine andere Zeit. Kauere in einer felsigen, wüstenähnlichen Landschaft auf dem Boden, die Sonne brennt, in der Ferne stehen andere Menschen, ich halte einen jungen Mann im Arm, meinen Sohn, meinen sterbenden Sohn, und kann nichts tun, nichts tun, nichts tun, streiche über sein Haar, küsse ihm Schweißtropfen von der Stirn, halte ihn, aber mein Kind stirbt, sein Blick bricht, mein Kind stirbt in meinen Armen, mein gerade erwachsenes Kind, mein schöner Junge, stirbt, stirbt, ich kann nichts tun, die Sonne brennt und mein Kind verlischt, mein Alles, mein Ich, meine Arme werden schwer, aber ich möchte ihn halten, solange es geht, für immer, meinen Jungen, meinen Jungen, meinen Liebling, meinen Schatz, mein Junge, geh nicht, bleib bei mir, bitte bleib, aber ich kann nichts tun, nichts tun, nichts tun …

… bis mich wieder dieses Licht umhüllt, wieder diese Sonne aufgeht, ich zurück bin im Heute, wenngleich noch nicht ganz, aber doch. Im Licht, im bunten Himmel, es durchströmt mich und lässt mich ruhiger werden, das rotgoldene Licht und dann die Erkenntnis: In diesem Leben konnte ich ihn retten. Sein Blut pulsiert, er geht, er lacht. Darum musste das alles sein. Und darum muss ich ihn ziehen lassen. Frieden schließen. Wir sind verbunden, aber nicht eins.

Ahnst du es?

Na, sicher:

Der Sohn hatte dein Gesicht.

DANKE an ...

... Lars. «If a writer falls in love with you, you can never die." (Mik Everett) Ich bereue nichts.

... Bahar und den **Keller der kleinen Künste** sowie alle **Kellerkinder,** die diese Räume mit Leben gefüllt und die Jahre dort zu etwas Besonderem gemacht haben.

... Stefan für die Unterstützung bei der Entstehung dieses Romans (auch in der Zeit, als wir noch nicht wussten, dass ich ihn schreiben würde).

... alle Freund*innen, die mich besonders in den Jahren 2013 bis 2016 ausgehalten haben, allen voran **Verena, Alex, Gundi, Käthe** und **Anna-Lena**.

... Eva für den Flieder.

... Leonie, die auch diesem Roman wieder den letzten Schliff verpasst hat.

... Andreas für die neue Form von Glück.

... meine **Familie** für alles.